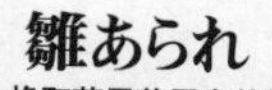

木挽町芝居茶屋事件帖

篠 綾子

角川春樹事務所

本文デザイン／アルビレオ

目次

雛あられ

木挽町芝居茶屋事件帖

第一幕　三つ巴

一

二月に入って好天の日が続いている。木挽町では、屋根のない芝居小屋での興行も順調だった。

「さあさ、皆さん。茶屋かささぎでは今、山村座の興行に合わせて『三つ巴』っていう三種一そろいの品を出してます。店で食べるもよし、弁当でもよし。さあ、寄ってって寄ってって」

芝居茶屋かささぎを預かる喜八は、声を張り上げた。

今、山村座でかけられているのは「雪松原巴小袖」といって、木曾義仲と巴御前の別離を扱った芝居であった。

合戦に敗れた義仲は、最後に残った巴御前に「もはやこれまで。故郷へ帰れぬ我が身に代えて、この小袖を木曾へ届けよ」と告げる。場所は松原、折しも雪が降っている。巴御前は泣く泣く小袖を受け取ると、向かってくる敵陣へ馬で馳せ、なぎなたを振るって果敢に戦うのだ。その戦闘の場面が一つの見せ場である。

どうせなら演目に沿った品を出そうと、喜八と幼馴染の弥助、それに料理人の松次郎が話し合って作り出したのが、この「三つ巴」であった。

「巴といやあ、三つ巴だよな」と言ったのは喜八である。芝居の巴御前と三つ巴に関連などはなかったが、

「若の言う通りにしましょう」

と、弥助はすぐに言った。

「へえ、かしこまりやした」

松次郎もそのまま受け容れる。

「三つとなると、季節の食材を三種使った料理。さもなきゃ、三品一そろいの献立ってとこでしょうか」

喜八の思い付きを、弥助は的確な言葉で掘り下げてくれる。

「三種の素材で一品より、三品一そろいの方がお得な感じがありまさぁ」

と、松次郎が言い、

「なら、三品まとめて一そろいの献立にするってことで。名前は若の言ったまま『三つ巴』でいいんじゃないでしょうか」

　と、弥助がまとめた。それから、

「じゃあ、今の季節の食材で、どんな料理が考えられますか」

「そうだな」

　という具合の問答を通して生まれた献立が、菜の花の海苔(のり)巻き、蓬(よもぎ)の胡麻和(ごまあ)え、里芋の衣揚げの三つをまとめた「三つ巴」だ。当初は酒のつまみのようなものを三品と考えていたのだが、

「そういえば、芝居小屋で弁当が食べられたらいいと言う客が多かったな」

　と、喜八が言い出し、三つ巴の中の一品は飯を使った腹持ちのするものにしようとなったのである。

　そして、二月も残り十日ほどとなったその日、かささぎの店前(たなさき)に供を連れた侍が現れた。客の呼び込みに夢中になっていた喜八が気づいた時にはもう、相手は顔が分かるほどの近さにいて、目も合ってしまった。もはや、気づかぬふりをして店の奥へ引き揚げるわけにはいかない。

「商い熱心でけっこうなことだ」

　喜八にとって、できるなら顔を合わせずに済ませたい人物、旗本の中山(なかやま)勘解由(かげゆ)直房(なおふさ)が自

ら声をかけてくる。その取り締まりの厳格なことから、鬼勘解由（おにかげゆ）——略して鬼勘（おにかん）と呼ばれていた。

「これはこれは、中山さま。今日はどのようなご用向きで」

喜八はすぐに店の中へ招こうとせず、まずはそう尋ねた。

「茶屋へ立ち寄る用向きなど、飲食に決まっていよう」

鬼勘はそう返しつつ暖簾（のれん）へ向かう。

「それは、ありがとうございます」

喜八はいったん外の呼び込みは切り上げて、鬼勘を案内することにした。店の中は今のところ弥助一人で事足りていたが、鬼勘の世話まで押し付けるわけにはいかない。

鬼勘に従っていた二人の若侍は、店へ入ってこようとしなかった。外で見張りのように立っていられるのも、商いの上では迷惑だが、といって、入ってこられても店の雰囲気がまずくなる。

取りあえずお付きの侍は放っておき、喜八は鬼勘を空いている席へ案内した。

「天下の中山さまがうちの料理を食べるためだけに、木挽町へお越しで？」

「いや、ここの料理はそれだけの値打ちがなくもない。とはいえ、私も暇ではないのでな。今日は芝居小屋の演目検（あらた）めのついでだ」

鬼勘の言葉に、喜八は納得した。本来ならば他の者に任せてしまえる仕事なのだろうが、そこを人任せにしないのが鬼勘の鬼勘たるゆえんである。何せ、天下泰平ならぬ大江戸泰平を座右の銘とする男なのだから。

「して、今のお勧めは何かな」

鬼勘は壁に貼り出した品書きはろくに見ず、喜八に尋ねてきた。

「それでしたら、『三つ巴』がお勧めです」

喜八はその中身を説明し、この品は弁当として包むこともできると告げた。

「いかがでしょう。外でお待ちのお侍さまにお渡しすることもできますが。あ、もちろん中山さまの分もお弁当にできますよ」

鬼勘に金を使わせることに遠慮はいらない。喜八が売り込むと、「ふむ。弁当か」と、鬼勘の心は動いたようであった。

「大茶屋がお客さまに持たせるような重箱や折り詰めじゃなく、旅に持ってく腰弁当ふうのものなんですが、もしお三方分ご注文いただけるなら、特別に重箱で……」

このまま弁当を持ち帰ってくれれば、それに越したことはないというつもりで、喜八はしきりに勧めた。

「ならば人数分もらおうか」

迷いのない返事に、喜八はこれ幸いとばかり「ありがとうございます」とすぐに調理場へ行きかけたのだが、

「ただし、弁当は二人分。私はここで食べさせてもらおう」

と、鬼勘の言葉は続けられた。

「……そうですか。毎度どうも」

声が弾みを失ってしまったが、鬼勘は気にする様子もない。喜八は奥へ注文を伝えに行った。

「三つ巴、ここで食べるのを一人分、弁当二人分で頼む」

松次郎はただ「へえ」と応じただけだったが、喜八に続いて奥へやって来た弥助は、

「また鬼勘ですね」と顔をしかめてみせた。

「若は別のお客さんを頼みます。鬼勘には俺が運びますんで」

喜八に降りかかりそうな面倒ごとは前もって取り除くか、自分が引き受ける――それが弥助の信条である。面と向かって言われたことはないが、その心根は十分喜八に伝わっていた。だが、それに甘えていればいいとは喜八も思っていない。

「いや、注文を取ったのは俺だ。鬼勘の相手は俺がするよ」

元来、喜八の言葉に逆らうことのない弥助は、それ以上は何も言わなかった。

「大丈夫だって。俺もそうそう挑発に乗りはしない。それに、近頃はそういう感じじゃなかったしな」

喜八は調理場と客席の間にかかった暖簾の隙間から、鬼勘の様子をうかがいながら言っ

た。しかし、弥助の眼差しは気がかりそうなままだ。

前に一度、鬼勘がこのかささぎで強引な探索を行い、喜八を怒らせたことがある。大事には至らなかったものの、弥助はまた、その時のようなことが起きるのではないかと気を揉んでいるのだ。

やがて、里芋の衣揚げが出来上がると、海苔巻きと蓬の胡麻和えと一緒に、喜八は鬼勘の席へ運んだ。

「お待たせしました。これが三つ巴のお品になります。こちらは、塩茹でにした菜の花と出汁のしみた玉子焼きに酢飯を合わせた海苔巻き。また、蓬は特に柔らかなところを湯いて胡麻和えにいたしました。こちらは里芋の煮つけに衣をつけて揚げたものです。熱いのでお気をつけください」

喜八が献立の説明をしている間、他の客たちの目は三つ巴の皿に集まっていた。まだ昼前ということもあり、客の中に三つ巴を注文した者はいなかったようだ。

ただでさえ人目を引く鬼勘が注文した、今売り出し中の献立である。客たちの目は興味津々の様子であった。

「ほう。海苔巻きは、玉子焼きで菜の花の黄色を表しているというわけか」

鬼勘も注目されていることを重々承知しながら、海苔巻きを一切れつまみ、口へ運ぶ。見ている側の誰かがごくっと唾を呑み込んだようだ。鬼勘は食べ終えると、「うむ、なかなか美味い」と喜八に目を据えて言った。

「玉子の出汁と菜の花の塩味が程よく合っているのだな。酢飯にも合う。これはいくらでも食べられそうだ」

周囲を憚らぬ大きな声で言うのは、他の客に聞かせようとしてのことらしい。

「次は蓬の胡麻和えか。少し癖があるのではないか」

続けて蓬を口に運んだ鬼勘の表情に、驚きの色が浮かぶ。

「嚙み応えがあるのに柔らかな口当たり。苦みや癖もない。香りも味もさわやかだ」

「お気に召していただけてよかったです」

と、喜八は真面目な顔で応じた。それを機に奥へ戻りかけたが、鬼勘が再びしゃべり出したので、足を止める。

「ふむ。最後は衣揚げか。いや、先にこちらを食べるべきだったか」

鬼勘は無造作に衣揚げを一つ口に放り込んだ。さくっ、じわっ——音がはっきり聞こえるわけでもないのに、鬼勘が目を閉じて味わっている間、喜八は里芋にしみ込んだ絶妙な味を思い出していた。

あまりに美味そうに食べる客を前にすると、時折、無性に同じ料理を食べたくなってしまうことがあるが、今の鬼勘がまさにそれだった。

「ふう」

と、里芋を食べ終えた鬼勘は、それ以上語らなかった。だが、その満ち足りた表情を見れば、味の程は分かる。いつの間にやら、鬼勘の食べっぷりを見守っていた他の客たちがそわそわし始めていた。

「あの、お兄さん、追加を頼むよ」

弥助を呼び寄せ、さっそく三つ巴を注文する客が一人。

すると、それからはあちこちから「こっちも」「あたしも」と注文が入った。

「若旦那、こっちも頼むよ」

弥助だけではさばききれず、喜八も声をかけられる始末である。

「私も売り上げに力を貸していると思わんか」

席を離れかけた喜八に、鬼勘がささやくように言った。

「えっ」

思わず足を止めて、鬼勘の顔をのぞき込む。

「まさか、わざとあんなふうに言ってくださったんですか」

「ただの感想だが、結果としてこの店の力となった」

それだけ言うと、もう行けと追い立てるようなしぐさをし、鬼勘は二つ目の里芋に箸を伸ばした。その顔が実に満足そうであるのを目に留め、喜八は他の客の注文を受けに向かった。

二

鬼勘は三つの皿をきれいに食べ終えると、上機嫌で席を立った。

「今日も実に美味いものを食べさせてもらった。また、次の興行の時が楽しみだ」

「興行のお検めにおいでになる度、いつもうちへ来るおつもりですか」

「ん？　それの何が悪い」

鬼勘は大真面目に訊き返すのだが、それが喜八の目にはとぼけているように映る。

「お忙しい御身でしょうに」

「どれほど忙しくとも、ものを飲み食いする暇くらいはひねり出す」

「だからといって、木挽町に茶屋はたくさんありますよ。中山さまほどの御方なら、大茶屋に行かなくちゃ」

「私は店の格より、味にうるさい男でな」

何となくしてやられた気分だが、料理人の松次郎が褒められれば、どうしたって嬉しくなる。

「そりゃあ、どうも」

喜八が頭を下げるのを、鬼勘は気分よさげに眺めていた。続けて、

「ところで、若旦那が次に舞台へ上がるのはいつなのかな」

と、鬼勘は尋ねてきた。

「何をおっしゃってるんです」

喜八は仰天して訊き返す。

「何だって。若旦那、また芝居に出るのかい」

鬼勘の隣の席にいたご隠居風の客が口を挟んできた。その声が大きかったもので、店中の客が色めき立つ。少し離れたところにいた若い女客たちなどは「え、喜八さんがまた？」と歓声を上げていた。

「もう出ませんよ。中山さま、いい加減なことをおっしゃらないでください。お客さんたちが誤解なさるじゃありませんか」

「しかし、前の芝居はなかなかよかったがな」

鬼勘は隣のご隠居に目を向け、同意を求める。

「へえ、お侍さま。喜八さんはとてもさまになってましたよ。いや、さすがは藤堂鈴之助の甥っ子だって、巷でも評判になっていましてね」

ご隠居はすっかり鬼勘に手なずけられている。藤堂鈴之助は喜八の叔母おもんの夫で、山村座の女形であった。この叔父は喜八を役者にしたがっていたが、喜八はきっぱり断っている。

「あれは一回きり。俺は役者にはなりません」

喜八は弁当を二つ手にすると、鬼勘を外へと急き立てた。外で待っていた配下の若侍に、

「中山さまがお二方に、とのことです」

と、弁当を二つ押し付ける。若侍は目を丸くして、「殿、これはどういうことでございましょう」と鬼勘に訊き返している。

「うむ。ここの新しい献立は弁当にもしてくれるというのでな。おぬしらの分も求めた。私は中で食べてきたがなかなかのものであった」

「ま、まことに」

「お気遣い、かたじけのう存じます」

若侍たちは感激した様子である。

鬼勘の一行が芝居小屋の方へ去っていくのを見送ってから、中へ戻った喜八は昼時が過ぎるまで忙しく働いた。ひと時の休憩を挟んで、今度は芝居帰りの客を迎える頃、また忙しくなる。

見たことのない客が店に現れたのは、ちょうどその時刻のことであった。齢は四十に手が届くかどうか、濃い鼠色の羽織に同じ色の宗匠頭巾を被った小柄な男である。それだけならば人目を引くわけではないが、顔にめずらしいものが載っていた。眼鏡である。

「いらっしゃい」

と、何気なく声をかけた喜八は一瞬驚いた。他の客たちも眼鏡に目が行ってしまうようだ。そうして注目を集めた眼鏡の男客は、なぜか喜八の顔をじっと見つめてきた。

「おたくがここの主人かね」

眼鏡の奥の大きな目は瞬き一つしない。

「いえ。主はわたしの叔母ですが、おおよそのことを任されてます」

「さよか。ほな、しばらく一休みさせてもらいましょか」

上方の訛りもめずらしい。喜八は「どうぞ」と空いている席へ男を案内し、

「お客さんは初めてですよね。上方からいらしたんですか」

軽い世間話のつもりでしゃべりかけた。しかし、返事はなく、男客は眼鏡の縁に手を当てながら、なおもじいっと喜八の顔を見上げてくる。

「ええと、お客さん。ご注文はどういたしましょうか」

進まない世間話は取りやめにして、喜八は尋ねた。

「お勧めは何かね」

「ただ今のお勧めは『三つ巴』という三品一そろいの献立です」

喜八がざっと説明をすると、「ふん。ほな、それを一つ頼むわ」とすぐに言った。その間も、喜八の顔から目をそらさない。

喜八は注文を受けると、すぐに調理場へ伝えに行った。妙な客だなと思いながら客席の

方を振り返ると、今度は弥助がつかまっている。

話し声までは聞こえないが、その後、眼鏡客の男はもともと座っていた「に」の席から、最も奥まった端っこの「い」の席へ移動した。客席には、喜八たちの間でやり取りしやすいように、「いろはに……」という呼び名を便宜上付けてある。

弥助が調理場へ下がってくるのを待ち受けて、喜八は尋ねた。

「あの眼鏡客に何を言われた」

「何でも、ちょっとゆっくりしたいから、奥の方の席にしてくれと言われました。それと、この店は狭い上に人が多くて落ち着かないなと……」

「うちはゆっくり落ち着いて飲み食いする店じゃないんだけどな」

喜八は顔をしかめた。「おっしゃる通りですよ」と弥助が同意する。

「ま、三つ巴を食べりゃ、気も変わるんじゃねえかな」

「うちの店に対する考えは変わるかもしれませんが、食べたからって落ち着くわけじゃないですからねえ」

弥助の言う通りである。また同じようなことを言ってくるなら、その時は落ち着いた店に行ってもらうしかないだろう。

「他にも訊かれました。あんたもここの主の身内なのかねって」

弥助が不可解そうな表情で続けた。「あんたも」と言われたのは、喜八の先ほどの返事を受けてのことなのだろうが、喜八に続けて弥助の素性まで訊いてくるとは、ますます妙な客である。

「俺は雇われですと答えときましたが、あの眼鏡の奥からじろじろ見てこられるのは、いい気分じゃないですね」

弥助の言葉には、喜八もうなずける。それにしても、喜八と弥助に対する問いかけといい、こちらに向けてくる眼差しといい、あの客には不自然なところが多すぎやしないか。

まさか——と思った時、

「あのお客さん、鬼勘の手先じゃないですよね」

先に弥助に言われてしまった。

鬼勘が喜八やこの店から目を離さないのは、喜八の父大八郎(だいはちろう)が町奴(まちやっこ)、かささぎ組の組頭(くみがしら)だったからだ。大八郎は八年前、江戸の旗本奴、町奴を一掃するために行われた大弾圧で捕らわれの身となり、獄死している。

一方、弥助の父の百助(ひゃくすけ)は、その大八郎が最も信頼していた一の子分で、大弾圧の際には大八郎の命令でその身を隠し、公儀の探索の目をかいくぐった。今は他の生き残った子分たちと同じく、真っ当な町人として暮らしており、築地(つきじ)に家がある。

喜八より二歳年上の弥助は、幼い頃よりずっと喜八のそばにおり、大弾圧の後も共に過ごしてきた。誰よりも喜八に近しい弥助のことを、鬼勘の手先が探ろうとしても不思議は

ない。だが、

「鬼勘なら手先を送り込むまでもなく、自分で様子を見に来ているしな。それも今日のことだぜ」

喜八は先ほどの鬼勘の様子を思い出しながら、自分の嫌な予感を打ち消した。すると、

「油断はいけませんぜ、若」

突然、松次郎が低い声で言い出した。喜八と弥助は驚き、松次郎の口もとに目を向ける。

松次郎は海苔巻きを巻く手を止めず、顔も上げようとはせず、ぼそぼそと続けた。

「鬼勘がここに居座れないんで、手下を送り込んできたってこともありやしょう」

ふだんあまりしゃべらない男がしゃべると迫力がある。

松次郎はついこの前、とある盗みの濡れ衣を着せられ、いったんは鬼勘に疑われた。その後、真犯人が見つかって釈放されたが、何かと元町奴に疑念の目を向ける鬼勘を信用していない。その点は喜八と弥助も同じだったので、松次郎の言葉には重みがあった。

喜八は突き動かされるように、暖簾の隅から眼鏡客の席をじっと見つめた。客は眼鏡の縁に手を当てながら、店の中のあちこちを念入りに観察しているふうに見える。怪しいといえば怪しいが、だからといって、即鬼勘の手下と決めつける根拠もない。

「三つ巴、上がりやした」

ややあってから、それまでのやり取りなどなかったかのように、松次郎が淡々と告げる。

「あ、じゃあ、これは俺が運びますんで」

弥助が、喜八にさせるわけにはいかぬとばかり先に手を出した。今回はその気持ちをむげにもできず、喜八は「おう」と応じて、弥助に任せる。

揚げ立ての里芋の香りがふんわりと鼻先を通り抜け、客席へ運ばれていった。

三

料理を運んで戻ってきた弥助は、特に何ごともなかったと報告した。料理の説明はあまり気を入れて聞くふうでもなかったそうだが、

「里芋の衣揚げを嚙み締めた時には目を閉じて、しばらくそのまま口を動かしていましたね。満足そうなご様子でしたよ」

ということである。その後は、喜八も弥助も眼鏡客だけにかまっていられず、他の客の注文を受け、料理を運んだり空いた皿を片付けたりと、仕事に追われて過ごした。

やがて、暗くなってきた店内の行灯(あんどん)に、弥助が火を入れる頃になっても、眼鏡客は「い」の席に陣取っている。すでに三つ巴はきれいに平らげ、空いた皿も下げられていたが、その後は茶のお代わりをし続けて、なかなか席を立とうとしない。

挙句、矢立(やたて)と帳面を取り出し、何やら書き始めた。なるほど、落ち着いて書き物をする

場所を求めていたのかと分かったが、そういうことなら、やはりかささぎのような小茶屋は似つかわしくない。

「ちょいと、あんさん」

声をかけられた弥助が席まで行くと、

「少し手もとが暗いさかいな、行灯をもうちっと近くへ寄せてくれんかね」

と、眼鏡客は言ってきた。他の客も多くはないので断る理由もない。一方、店じまいの時が近付き、店内が静かになればなるほど、眼鏡客には都合がよいわけで、筆を動かす勢いも次第に増していくようだ。

かささぎはいつも暮れ六つ（午後六時頃）から六つ半（午後七時頃）頃に暖簾を下ろし、中の客が出払ったところで店じまいとしていた。

その日、六つ半の頃、店にいたのは、眼鏡の男客と年輩の女客二人だけである。女客の方は日が暮れる直前に入ってきており、蕗の薹（ふきのとう）の澄まし汁といなり寿司を注文していた。

女客たちが食事を終え、

「また来るわね、弥助さん」

と、弥助に未練たっぷりな流し目を送って、店を出ていくと、残った客は眼鏡の男ただ一人。さすがにもう出ていってもらおうと相談し、弥助が男の席へ向かった。

「お客さん、そろそろ店じまいでございますので」

弥助は丁寧な口ぶりで、客に語りかけた。その時まで順調に動き続けていた男の筆がぴたりと止まる。男は顔を上げると、眼鏡の縁に手をかけ、弥助の顔をじっと見た。

「ほうか。ようやっと、あて一人になったか」

男の声には心なしか弾む調子がうかがえる。その反応に、弥助は若干戸惑った表情を浮かべつつ、

「ですから、お客さんもそろそろ」

と、さらに客を促した。

「何を言うてんねん」

男客の口から思いがけない声が上がった。

「あんたらとゆっくり話せる時をずうっと待っとったんやないか」

他の客がいない店内に、男の声がよく響く。まさか、本当に鬼勘の手の者だったのだろうか。

調理場の奥にいた喜八は暖簾を割って、急ぎ二人の方へ向かった。すると、

「ああ、あんたは若旦那やったな」

男客は眼鏡の縁を手で押さえ、乗り出すようにして喜八を見つめてきた。

「あの、今日初めてお目にかかったと思いますが、俺たちに何か御用でもあるんですか」

喜八がそばまで行き、弥助の隣に立つと、男客は「ほほう」と謎の声を上げ、いきなり

立ち上がった。喜八も弥助も長身なので、小柄な男客は見上げる格好になる。男は喜八と弥助の顔を交互にまじまじと見入った後で、ようやく、

「あんたら二人が、女形と二枚目とどっちが向いてるか、ずっと見とったんや」

と、告げた。

「は？　女形と二枚目って、いったい何の……」

あまり物には動じない弥助が驚きの声を放つ。喜八ももちろん仰天していたのだが、それと同時に、あることが思い浮かび、その思い付きがつい口から出た。

「あの、お客さんってもしかしたら、おあささんの親父さんじゃないですか」

「えっ」

と、声を上げたのは、傍らの弥助であった。

「何や、気づいとったんか」

男客の方は冴えない表情で応じている。

「あの、これはどういう」

弥助が喜八に困惑した表情を向けた。

「前に話しただろ。おあささんの親父さんは、狂言作者の東儀左衛門先生なんだって」

おあさはこの春から、かささぎの客になってくれた若い娘である。江戸の町のさまざまな話題や噂をいち早くつかんでおり、喜八も助けられたことがあった。どうしてそんなに

くわしいのか、しばらく謎であったのだが、父が狂言作者で、その弟子たちが町で拾い集めてきた事件や評判になっている話を聞いていたからだと後に分かった。おあさ自身もお付きの少女おくめと一緒に、そういう話の種集めをしているらしい。

「それでは、お客さんは東先生だったのですね」

弥助はたいそう驚いている。

「せや」

と、あっさり返事をした儀左衛門は、それまで書きつけていた帳面を卓上から取るや、ぱらぱらとめくった。とある一葉を開いて、ふんふんと一人で納得したようにうなずくと、いきなりそれを喜八に突きつける。

「ほな、ちと試してみよか」

喜八が目を白黒させていると、文字が読めないほど帳面を喜八の顔に近付け、

「このせりふを言うてみ」

と、迫ってきた。

「そんなに近付けないでも見えますよ」

喜八は後ずさりしながら言う。

「ほうか。あては目が悪うてな。近頃は、近くもよう見えんようになって、難儀してるのや」

ぼやく儀左衛門から仕方なく帳面を受け取り、喜八はそこにしたためられた言葉に目をやった。

『なるほど、それはお困りであろう。我らは同じ道場で汗を流した仲。まして、あなたとは義理とはいえ、叔父と甥の契りを交わした仲でもある。この中山がお力になってみせましょうぞ』

「あかんあかん」

まるで心のこもらぬ読み方をしたせいか、儀左衛門が手を振り回して文句を言った。

「そない読み方がありますかいな。もっと心をこめ、誠実に相手のためを思って言うのや」

「そんなこと言われたって、何のために読まされているのかも、どういう人物がしゃべっているのかも、分からないじゃないですか」

「同じ道場で汗を流した仲と書いてあるやろ。相手が困ってるのや。助けてやろうと思わんでどないする」

「それはそうかもしれませんが……」

「せやせや。それからな、そこにある中山は……つい本名を書いてしもた。とりあえず、山中と変えて言うてくれるか」

喜八の言い分には耳を傾けようとせず、儀左衛門はさらに要求を重ねてくる。仕方なく、喜八は言われた通り、同じせりふをもう一度口にした。

この時は、適当に声の強弱をつけ、ほんの少しわざとらしく言う。芝居のせりふはもったいぶった大袈裟(おおげさ)な言い回しをすれば、それらしく聞こえるものだ。叔母の家に引き取られて以来、藤堂鈴之助のせりふ回しを聞いて育った喜八が学んだことであった。その下地があったから、役者の真似事(まねごと)くらいなら、やすやすとこなしてみせる器用さが喜八にはあったのだが……。

喜八のせりふ回しを、ふんふんと聞いていた儀左衛門は、続けて帳面を取り戻すや、別の一葉を開いて、今度は弥助に突きつけた。

「ほな、次はあんたや」

「え、俺も、ですか」

弥助は面食らっている。

「若旦那にだけやらせて、自分一人知らん顔で済むわけないやろ」

知ってか知らずか、儀左衛門は弥助の弱みをうまく突いている。弥助にとって、喜八を面倒な目に遭わせながら、自分がそれを逃れることほど耐えがたいものはない。

弥助は無言で帳面を受け取ると、開かれた一葉を読み進めていく。

『なんとありがたきお言葉かな、万一にも私の身に何かあった時には、どうか我が妻子のこと、くれぐれもお頼み申します。ト、ここで中山の両手を握る』

「待ち待ち。何を読んでるのや。最後のところはト書きやろ」

儀左衛門はばんばんと手を叩いて、弥助の声を遮った。

「ここに、『ト』とカタカナで書いてあるやろ。せりふを読めと言うたやないか。ト書きを読む役者がどこにおる」

「はあ、確かに『ト』と書かれておりますね」

弥助は妙なところに感心してみせた。

「おまけに、せりふの言い回しとト書きの読み方が、まったく同じやないか。心のこめ方がまるでなっとらん」

「心をこめるとは、若が二度目にやったみたいな感じですか」

「そうそう」

と、喜八は口を挟んだ。

「少し大袈裟に言ってみな。ほら、うちの叔父さんのせりふ回し、お前も聞いたことあんだろ」

「しかし、あれは女形のせりふでしたからね。それに、俺は役者じゃありませんし」

弥助は真面目な顔で首をひねっている。

「あまり深く考え込むなって。このせりふなんかはさ、泣き出しそうになるのをぐっとこらえたような感じで言やあいいんだよ」

喜八が与えた助言を、弥助は少し咀嚼するふうに沈黙していた。が、それから再び口を開き、『なんとありがたき……』と始めた時には、まるで別人だった。声の端々に涙をこらえている様子が滲んでおり、それでいて声はよく通っている。喜八は思わず目を瞠った。

「おお」

儀左衛門の口からは明らかに感動の声が漏れた。

「あんた、なかなかのもんやないか。さっきはてんでお話にならん素人と思うたけどなあ」

「いえ、素人で間違いありません」

弥助はふだんの声に戻って言う。儀左衛門はそれには取り合わず、喜八にも満面の笑みを見せた。

「若旦那はさすがやな。役者としての才だけやのうて、教える腕もありそうや。あての弟子ということで、手伝ってもろてもええかもしれん。せやせや、ほな、次は女形のせりふを……」

儀左衛門は、弥助から取り戻した帳面をまた忙しく繰り始めた。目当ての一葉を広げると、再び喜八の前に突きつける。と、その時だった。すでに暖簾を下ろしていた表の戸が軽く叩かれ、「お邪魔します」という女の声と共に、がらがらと音を立てて開かれた。

「お父つぁん、やっぱり！」

入ってきたのは、おあさであった。その後ろには、申し訳なさそうな表情で従うおくめの姿もある。

「お父つぁんったら何をしているのよ。もう店じまいでしょう」

おあさは儀左衛門には叱るような調子で言い、最後の言葉は喜八の方に目を向けて、恐縮した様子で訊いた。

「ああ、そろそろお引き取りいただこうとお願いしたら、逆に東先生から妙なことを頼まれちまって……」

おあさは喜八が突きつけられた帳面を目にし、おおよそのことを察したようであった。

「とにかく、お父つぁん。店じまいの後まで居座るなんて、とんだご迷惑でしょ。しかも、もうお芝居のせりふを読ませたのね。お弟子さんたちも家で心配してるわ。すぐに帰るわよ」

おあさはまくしたてるように言うと、父の背を押して店の外へと追いやっていった。

「ああ、おくめ。お父つぁんの支払いと、忘れ物をしてないか、見てきてちょうだい。ごめんなさいね、喜八さん。お詫びはまた今度改めて」

最後に言い残して、おあさは有無を言わせず儀左衛門を連れ去った。後に残されたおくめが「本当にごめんなさい」と言い、儀左衛門の席に残されていた矢立を片付けると、

「おいくらでしょうか」

と、おあさから託されていたらしい財布を取り出して訊いた。

「ええと、先生は三つ巴を召し上がったんで、これが百文、お茶が二杯で十六文かな」

「それじゃあ、これで百五十文。このままお受け取りください」

「いや、お釣りはちゃんと払うよ」

喜八が慌てて言うと、

「いいえ、お嬢さんから、五十文ひと区切りで支払うようにと言われてますから」

おくめは慣れた様子で釣り銭の受け取りを拒み、ぴょこんとお辞儀をすると、すぐに踵(きびす)を返して二人のあとを追っていった。

「なんか、おあささんにおくめちゃん、あの先生に苦労させられてるみたいだなあ」

喜八はしみじみした声で言った。

「あの東先生、また来るつもりでしょうか」

弥助はあきれた調子で言う。

「そりゃあ、来るんじゃねえか。まだ話し足りなそうな様子だったしな」

何とはない波乱の予感を覚え、喜八はぶるっと身を震わせた。

四

翌日、お昼過ぎにかささぎへやって来たのは、おあさとおくめの二人であった。

おあさは二人分の三つ巴を注文した後、喜八に頭を下げた。

「昨日は、お父つぁんが迷惑をかけたのよね。本当にごめんなさい」

「いや、気にしないでいいよ。ま、せりふを言えって、帳面を押し付けられたのは、困ったけどな」

「あれは、台帳（だいちょう）というのよ」

おあさはいつもの調子に戻って言った。

「喜八さんには大きな迷惑だったかもしれないけれど、お父つぁんは昨日帰宅してから、喜八さんと弥助さんのことを褒めちぎっていたわ。二人とも江戸を代表する役者になれる素質があるって」

「まさか」

喜八はまともに受け止めなかったが、おくめが「本当です」と口を挟んできた。

「先生はお弟子さんたちの前で、何度も何度も若旦那さんたちのことを褒めていらしたんです。ご自分のお書きになったお芝居に、ぜひともお二人を使いたいって」

「おいおい、俺も弥助も役者じゃない。芝居の興行中はこうして店をやってるんだ。芝居に出られるわけがないだろ」

喜八はとんでもないと首を振る。

「そうなのよね。そのことはお父つぁんも分かってるから、何か策がないものかって頭を捻っていたみたい。たとえば、喜八さんと弥助さんが交代でお芝居に出られるようにするとか。そういう時には、うちのお弟子さんたちにお店を手伝わせるとか」

「おいおい、東先生、何に頭を捻ってるんだよ。お芝居を書くのに捻るべきだろ」

「お二人の男前の見た目と才能に魅入られちゃったんだと思うわ。あたしたちが初めにかささぎの話をした時は、そんなに熱心に聞いてもいなかったのよ。でも、この間、喜八さんが舞台に立った話を、お弟子さんたちから聞いた途端、興味を持っちゃったみたいで」

話をしているところへ、弥助が二人分の茶を運んできた。

「若は確かに舞台に立ちましたけど、どうして、俺まで興味を持たれることになったのか、それが分かりませんね」

弥助は茶碗を二人の前に置きながら言う。

「それは、あたしが弥助さんのことも話したから。女客に大人気の運び役がいるって」

おあさがさらりと答えると、弥助は嫌そうな顔をした。

「女のお客さんに人気があるのは若だけですよ」

「そんなことないわよ。そりゃあ、喜八さんは若い女の子に人気があるでしょうけれど、お芝居を観るお客さんには年輩の人だってたくさんいるわけだし」

「お、それじゃあ、弥助が舞台に立てば皆が喜ぶってことじゃねえのか」

喜八がからかうと、「何を言ってるんですか」と弥助は冷たい声を出した。

「若が役者になることはあっても、俺が舞台に上がるなど断じてあり得ません」

そう言い切ると、弥助は踵を返した。

「いやいや、あそこまで言うかね」

喜八は笑ったが、おあさとおくめは心配そうな表情になり、

「お父つぁんが無理やりせりふなんか読ませたから、怒らせちゃったのかしら」

と、おあさは呟いた。

「本当はね、あたしがお父つぁんをここへ連れてきて、喜八さんと弥助さんに引き合わせるつもりだったの。それなのに、お父つぁんったら、面白そうだと思ったらすぐ動き出すから」

「まあ、弥助はいつもあんな調子だから、心配しないでいいよ。ただ、弥助を舞台に立たせるのは無理だろうな。俺だって、役者になる気は端からないし……」

「そうなの？」

「そうだよ。これまで叔父さんからも何度か舞台に誘われた。それだって断り続けてきた

んだ。今さら気持ちが変わることはないよ」

喜八がはっきり言うと、おあさは残念そうに肩を落とした。その横では、おくめまでが小さな溜息(ためいき)を吐(つ)いている。少し申し訳ない気はするものの、といってほだされるわけにはいかない。そこで、いったん二人の席を離れようとしたのだが、その時、

「でも、うちのお父つぁんは、あきらめがものすごく悪いから」

おあさが呟く声が耳に入ってきた。ちらと振り返ると、おくめがこくこくと首を大きく縦に動かしている。

ややあって、出来上がった三つ巴を運ぶと、おあさとおくめは「わあ」と目を輝かせた。

「これこれ。お父つぁんからぜひ食べるようにって言われたのよね」

二人は期待たっぷりの表情で、まず衣揚げに箸をつけた。迷いがないところを見ると、儀左衛門から特に衣揚げを勧められていたのかもしれない。喜八はずっとついてはいられなかったのだが、食べ終わった頃、声をかけると、二人とも大満足の様子であった。

「お父つぁんから聞いていたけれど、菜の花と蓬で春を存分に味わえるのね。それに、里芋をあんなふうに衣揚げで食べるなんて初めて。熱々でさくさくの衣と里芋がすごく合っていたわ」

「はい。里芋はねっとりしていて、味も美味(おい)しかったです。あたしも大好きになりました」

おあさに続いて、おくめも言う。

ひとしきり料理を褒めてから席を立ったおあさは、「またお父つぁんが来ちゃうかもしれないけど、よろしくお願いします」と最後に付け加えた。

「いや、お客さんとして来てくれる分にはいっこうにかまわないんだけどさ」

とはいえ、昨日のようなことはさすがに困る。

「あのさ、俺たちを役者にするのはあきらめるよう、おあささんの方からうまく言っといてくれないかな」

恐る恐る頼んでみると、

「それは無理です」

と、すぐに断られてしまった。

「お父つぁんはあたしの言うことを聞くような人じゃないから」

そうは言っても、あんまり困ったことを言い出したら教えてほしいと言い置き、おあさとおくめは帰っていった。おあさの言葉を弥助に伝えると、「困ったお客さんですね」と渋い表情である。

「まあ、また東先生がいらっしゃったら、今度は俺が若の分もはっきりお断りしますよ」

と、弥助は頼もしげに請け合った。

その東儀左衛門が一人でふらっと現れたのは、昨日と同じ夕刻の頃である。この日は案内される前から「い」の席が空いていることを確かめると、

「あそこがええ」

と言い、さっさと座ってしまった。

この日は、もう何遍も通ってきているようにすらすらと、里芋の衣揚げにいなり寿司、青菜のお浸しを注文してきた。さらに、燗酒(かんざけ)も頼むと言う。

料理が調うなり、順に席へと運んだが、芝居に関わる話を持ちかけてくることもない。儀左衛門は里芋の衣揚げを食べながら、酒を口に含み、ひどく上機嫌に見える。心なしか、昨日よりも箸の進みは遅く、ゆっくり味わっているようだ。すべてを食べ終えた後は、矢立と帳面を取り出し、何やら書きつけ始めた。

昨日と違うのは、茶の代わりに酒を追加で注文したことくらいだ。そして、店じまいまで居続けた儀左衛門は、この日も最後の客となった。

「東先生」

店の中に、儀左衛門が一人きりになってから、喜八と弥助は連れ立って席へ向かった。

「ああ、あんたらと話ができる時を、首を長(なご)うして待っとったで」

儀左衛門は嬉しそうに言う。

「そうでしょうとも」

喜八は生真面目な表情で応じた。

「あのですね。おあささんからお聞きになったかもしれませんが」

喜八が言いかけるのを、儀左衛門は素早く遮り、「それについてだがな」と切り出した。

「役者になるもならぬも、それはあんたら自身が決めることや。あんたらは見た目も恵まれとるし、素質もあると思うが、無理に役者にするわけにもいかん。それはよう分かっとる」

おや、ずいぶんと聞きわけがいい――喜八は少し意外な気持ちで聞いた。人の言うことを聞かないとおあさは言っていたが、そうでもなさそうである。

「そんで、別の話やけど……」

「はい」

他にどんな話があるのかと思いながらも、喜八は素直な気持ちで次の言葉を待つ。

「あてはこれからここの常連になろうと思う」

突然の言葉に、「それはありがとうございます」と喜八は頭を下げた。

「せやさかい、あての頼みを一つ聞いてほしいのや」

「え、頼みって……」

まさに似た言葉を、少し前に聞いた覚えがある。

――代わりにあたしの頼みごとを聞いてくれないかしら。

他でもない、儀左衛門の娘のおあさから言われた言葉だ。ちなみに、その折に約束した頼みごとの中身についてはまだ聞かされていない。

（そういや、俺はこれから、おあささんの頼みごとを聞かなきゃならないんだっけ）

その上、この父親の頼みごとまで聞くのは大変そうだな、と喜八が思っていた時、

「東先生、常連になってくださるというお申し出は、大いにありがたいのですが」

と、弥助が切り出した。

「代わりに、先生のお頼みごとを聞くというお約束はいたしかねます。他のお客さまの手前もございますし」

柔らかな調子でありながら、毅然（きぜん）とした物言いであった。さすがは弥助だと思いながら、喜八が感心していたら、

「あんたは弥助はんやったな。ふんふん。昨日も思うたが、なかなかしゃべり方の切れがええ。舞台に立つに当たっては大事な資質や」

儀左衛門もまた、喜八とは微妙にずれたところで、弥助に感心している。

「役者にはならないって、はっきり申し上げたはずですが……」

まだその話をするのかといささかあきれ気味に、弥助が言い返す。しかし、儀左衛門はそれも耳に入らぬ様子で、

「ちなみに、あての頼みごとと言いますのはな」

と、切り出した。なるほど、確かに人の言うことを聞かない人のようだ。はっきり断られてもなお話を続ける図々しさに、喜八は半ば驚嘆する思いであった。

その時、店の戸がとんとんと慎ましげに叩かれ、「失礼しますよ」と聞き覚えのある声と共に、男が二人店の中へ入ってきた。

「百助さんじゃねえか。それに、鉄つぁんも一緒か」

弥助の父の百助であった。毎日ではないが、こうして時折、店へ顔を出してくれる。客のいる時刻は避け、店じまいしてから現れるのが常であった。

連れ立っている男は、やはり元かささぎ組の一員で、名を鉄五郎という。三十路をようやく超えたところで、かささぎ組が弾圧を受けた八年前はまだ若く、組の中でも下っ端だった。顔の輪郭が丸っこく、大黒さまの格好でもさせたら似合いそうなのだが、目つきだけは鋭い。

今は左官として真面目に働いているが、かつて大八郎に受けた恩を何とかして喜八に返さねばと思う気持ちは、百助と同じである。その鉄五郎がこの日、店へ入ってくるなり、いきなり「ひやぁ」と奇妙な声を発した。

「な、何だよ。急に」

喜八が尋ねると、その場に直立して「驚かせて申し訳ありやせん」と頭を下げる。

「取りあえず、若もお変わりなく何より」

そう挨拶すると、鉄五郎はちらと儀左衛門の方へ目を向けた。

「鉄つぁん、お前、東先生のことを知っているのか」

喜八が尋ねると、「へえ、まあ」と鉄五郎は答えた。その返事に、それまで我関せずといった体(てい)であった儀左衛門が改めて鉄五郎に目を向ける。眼鏡の縁に手を当て、前のめりになって鉄五郎を見つめた儀左衛門はやがて「ああ」と思い出したふうに声を発した。

「あんた、六之助(ろくのすけ)の兄はんか」

「へえ。いつも弟がお世話になってます」

鉄五郎はびしっと丁寧に頭を下げた。

「六之助……？」

喜八は聞いたことのない名であった。

「鉄五郎の実の弟でさあ。小さい頃から寺子屋の秀才だったらしいんですがね。かぶいたりすることもなく真っ当に育って、今じゃ、東儀左衛門先生のところで芝居を書く修業をしているそうです」

百助が喜八に耳打ちしてくれる。

「へえ。世の中狭いもんだな」

などと言っている間に、儀左衛門と鉄五郎の無沙汰(ぶさた)の挨拶も済んだらしい。

「ところで、あんた。ここの若旦那の縁者やったんやな」

儀左衛門は鉄五郎に訊いた。

「いや、縁者なんて大したもんじゃ。若のため……あ、いや、ここの若旦那のためなら命も張れるっていう間柄ですが……」

「まあ、何でもええ。あてがあんたの弟の面倒をよう見てるってこと、重々分かってますやろ」

「へえ、それはもう」

「あては今、ここの若旦那と弥助はんに頼みごとを聞いてもろうてたとこや」

「ははあ、頼みごとですか」

鉄五郎は一度、喜八の方へ目を向けたものの、「その頼みというんはな」と儀左衛門から大声で話しかけられ、再び目を儀左衛門の方へ戻してしまう。

「毎日ここへ通う代わりに、あての台帳書きの手伝いをしてもらいたいということや」

「へ、先生の台帳書きですか」

「弟子の誰を手伝わせるかはまだ決めてなかったのやけど、あんたと若旦那の縁もあるさかい、六之助を名指ししようかと思うてます。そこんとこ踏まえ、よろしゅう頼みますわ」

儀左衛門は鉄五郎に言うと、その返事も聞かぬうちに、喜八と弥助に目を向けた。

「ほな、新たなお客がお越しやさかい、今日は出ていきまひょ。返事は明日聞かせてくれればええさかい」

この日は長居しようとせず、儀左衛門は広げていた帳面と矢立をしまうと、代金を卓上に置いて席を立とうとした。

「東先生」

それより早く、弥助が進み出る。

「先ほども少し申しましたが、うちはお客さまの頼みごとをお聞きする店ではありません。常連になれば頼みごとを聞いてもらえるとなれば、他のお客さまも同じようにしてよいとお考えになるでしょう。また、すでに常連のお客さまたちの中には、馬鹿を見た、損をしたと思う方も出てこられるかもしれません。どちらにしても、混乱を招くことに変わりはなく……」

「ふんふん。これもさっき言うたが、あんたはほんまにしゃべりが上手い。舌がよう回るのはええことや。自信を持ってええで」

儀左衛門は弥助の長口舌（ちょうこうぜつ）などまったくお構いなしの言葉を吐く。何をどう言ったところで、まるで通じぬ相手を前に、さすがの弥助も絶句した。

「あ、せやせや。手伝いは店を閉めた後、ほんの一刻（約二時間）ほどでええさかい。もちろん、あてと六之助がこちらに通わせてもらいまっさ」

もう決まったことのように言うと、儀左衛門は意気揚々と立ち上がり、戸口へ向かった。

「……ありがとうございました」

弥助が先に戸口へ走り、戸を開けて見送ったが、その声は心なしか強張っていた。

五

喜八と弥助はそれから、百助と鉄五郎を交え、松次郎の用意してくれた料理で夕餉を共にした。蓬が切れてしまって三つ巴とはいかなかったが、菜の花の海苔巻きと里芋の衣揚げは新たに松次郎が作ってくれた。他に、菜の花と独活の味噌和えや筍と蕗の煮物などのお菜、独活の澄まし汁も添えられている。

松次郎も含め、客のいなくなった席で、久しぶりににぎやかな食事となった。

「いやあ、この里芋は絶品ですねえ。酒飲みが喜びそうだ」

舌鼓を打ちながら、鉄五郎がはしゃいでいる。

「百助さん、酒は要らねえのか」

喜八が訊くと、百助は「いえ、今夜のところは」と首を横に振った。たいそうな大酒飲みである上、おそろしく強いと聞いているが、喜八自身はその雄姿を見たことはない。

「あっしのことより、若がお飲みになりたいならどうぞ」

逆に、百助から勧められ、

「いや、俺はいいよ。そんなに好きでもねえしな」

喜八が正直に答えると、鉄五郎が残念そうな顔になった。喜八が飲むなら相伴を、と期待していたようだ。

「あ、やっぱり一杯もらおうかな。せっかくだし、皆も付き合ってくれよ」

喜八が言い直すと、鉄五郎はぱっと顔を輝かせ、百助は鉄五郎の腹を肘でどんと突いた。

弥助がすぐに立ち上がり、ややあって熱燗にした酒が皆に供されると、一同は杯を手に喜八の方を見る。

「皆、いつもこの店のためにありがとうな。これからもよろしく頼むよ」

と、喜八は言い、酒を含んだ。ほろ苦さとわずかな甘みが舌にしみる。これだけで飲みたいとは思わないが、衣揚げに合うのは分かる。

そうして食事の時は進み、皿も大方空いて、弥助が麦湯を運んできたところで、

「ところで、鉄五郎。あの東先生の一件はどう片をつけりゃいいんだ」

と、百助が切り出した。そのことについては、誰もが気にかかっていたことで、弥助も聞き逃すまいと席に戻ってくる。

「その、あっしも台帳書きの件はさっき聞いたばかりで、何のことやらよく分からねえんですが……」

鉄五郎は困惑気味に言った。

「俺たちも一緒で、さっき初めて聞いたんだよ。あの先生、昨日は俺たちに自分の書いたせりふを読み上げさせて、あれこれ言ってたが、台帳書きの手伝いなんて一言も言ってなかったんだぜ」

「それなら、たぶん……」

鉄五郎は少し合点がいった表情になった。

「弟から聞いた話ですが、あの先生、台帳書きをする際、自分が書いたせりふを誰かに言わせて、書き直したり、次の進み方を練ったりするそうです。せりふだけじゃなく、立ち回りっていうんですか、舞台の上の動きなんかも目の前でやらせるらしいんですわ」

「そんなもん、役者にやらせりゃいいじゃないか」

喜八が言うと、鉄五郎はとんでもないと首を横に振る。

「いやいや、稀(まれ)に懇意の役者にやってもらうこともあるでしょうが、台帳書きの段階で毎回、役者にゃ頼めませんよ。たいていは六之助たち弟子が役者の代わりを務めるそうです。けど、狂言作者を目指す連中がせりふ回しも上手ってわけじゃないんでね。いっつも先生にゃ、叱られてるってぼやいてました」

「なるほど、それじゃあ、東先生はそのせりふを言う役を、若と弥助にやらせようってお考えなんだな」

百助が茶碗を置き、おもむろに言った。

「たぶん、そうなんだと思いますよ。昨日、そのせりふを読み上げた時、先生から何か言われませんでしたか」

「初めは心がこもってないって言われたけどな。読み直したら、なかなかいいって言われたよ。俺も弥助もな」

「なら、それで先生に気に入られちゃったんですよ。間違いねえ」

と、鉄五郎はぽんと膝を叩いて言うが、喜八と弥助は苦い表情で互いに顔を見合わせた。

「あにさんの弟さんは東先生のお弟子さんだそうですが、若がこのお話を断ったら、角が立ったりするものなんですか」

それまで黙っていた弥助が鉄五郎に訊いた。

「それはその……」

鉄五郎は話しにくそうな様子を見せたが、喜八が促すと、ぽつぽつと語り出した。

「六之助はあっしと違って頭もいいんですが、その、東先生のお弟子を続けてくのはそんなに楽なことじゃないんでさあ。その、いわゆる台帳書きの仕事をもらえるのは東先生なわけで、弟子たちに仕事が来るわけじゃない。先生からはお手伝い金が出てるんですが、ま、言っちゃあ悪いが雀（すずめ）の涙みてえなもんで、それで食べていくのは難儀なんです。だから、お弟子さんたちはたいてい金のあるお武家や商家の次男坊以下でして」

そんな中、貧乏長屋育ちの六之助は変わり種であった。それでも、本人が一生懸命学び、雑用なども真面目にこなすので、儀左衛門は六之助に目をかけてくれていたという。お手伝い金が多くもらえるような仕事を回してくれたり、芝居小屋で人手が足りない時にも六之助のことを推挙してくれたり、さまざまな世話になったのだと、鉄五郎は言った。

「うちのお袋がとにかく東先生にゃ一度ご挨拶してこいって、うるさいんでね。付け届けを持たされて、あっしも一度先生のもとへ伺ったことがあるんですよ」

と、鉄五郎は話を終えた。

「それって、お袋さんは東先生に相当恩を感じてるってことだよな」

喜八の言葉に、鉄五郎は申し訳なさそうな表情を浮かべる。一方、弥助は少しむきになった様子で口を開いた。

「しかし、だからといって、若があの先生の言いなりにならなきゃいけないわけじゃないでしょう」

「も、もちろんでさあ。うちの弟のために、若が無理をするなんざ」

鉄五郎もとんでもないと、弥助に同意する。

確かに、儀左衛門が常連客になってくれるのはありがたい話だが、それと引き換えに言うことを聞くというのは、茶屋の本分から外れている気もする。もちろん、誰彼なしに客の言い分を聞くことなどできないし、他の客に知られるのもよいことではないだろう。弥助が儀左衛門に語っていたのはもっともな話だ。

「で、若はどうなんで」

　喜八が考え込んでいたら、不意に百助が訊いてきた。

「どう、とは」

「さっきの先生の言い分や鉄五郎の立場は別として、台帳書きの手伝いってのは、断りたい仕事なのかどうかってことでさあ」

「そうだな。喜んでやりたいわけじゃねえが、どうしても嫌ってほどでもねえ。舞台に出ろって言われたわけじゃねえしな」

「つまり、引き受けてやってもかまわねえ、と」

「まあ、そうかな」

「だったら、若の方からも相応の取り引きを申し出るんですな」

　百助がいきなり言い出した。

「常連客になってもらうのはよしとして、他にも、若の利となる何かをあの先生から引き出すんでさあ。傍で聞いてた感じだと、常連客になってもらうだけじゃ、割に合わねえみたいですし」

　まあ、こいつの顔つきから察したところもありますが――と、百助は笑って弥助の顔を指す。なるほど、確かに弥助はずっと仏頂面だ。

　しかし、百助の案を聞けばもっともだと思ったし、弥助の顔つきも少し変わったように見える。鉄五郎もいい案だという様子で、しきりにうなずいている。

（俺の利となること……）

喜八が胸に抱く望みと言えば、茶屋かささぎを大きくて立派な店にすることだ。そしてこの木挽町を、元町奴たちが弾かれたり差別されたりすることなく、ふつうの町民と一緒に仲睦(むつ)まじく暮らせる町にしたい。かつて亡き父大八郎が組を構えていた神田佐久間(かんださくま)町のように——。

取りあえず、遠い未来の大望については胸に収めたまま、

「俺の望みといやあ、このかささぎを人気のある店にしたいということだけどな」

と、喜八は口にした。とはいえ、あの儀左衛門にどう頼めばいいのかは思いつかない。儀左衛門の知り合いに店の評判を広めてもらうという手はあるが、そのくらいで客足が大幅に伸びるものかどうか。

「おい、弥助。お前が策をお出ししねえか」

百助が喜八に向かっていた時とは別人のような厳しい声色(こわいろ)で、息子を急(せ)かした。弥助は少しも慌てず、平然とした表情のまま、当たり前のように口を開く。

「それでしたら、こういうのはいかがでしょう。東先生は狂言作者、あの先生のお書きになった台帳のせりふは、芝居を観に来たお客全員の耳に入ります。よって、芝居の中でうちの店の名を出していただき、しっかり広めていただくのです。場合によっては、舞台の

上で、店の名ののぼり旗を立ててもらってもよいかと思います」

「そりゃあ名案だ」

誰よりも早く叫ぶように言ったのは、鉄五郎だった。

「狂言作者ってのは、芝居のせりふを自在にできるんですよ。そりゃあもう、ただせりふを言わされてる役者より、舞台の上での力は強い。あの先生がそうするって言やあ、その通りになりまさあ」

ひとしきり昂奮（こうふん）気味にしゃべった鉄五郎は、いきなり立ち上がると、弥助の隣まで行き、

「弥助、お前、本当に頭がいいんだな。いや、百助のあにさんの倅（せがれ）なんだから、当たり前なんだけどよ」

と、その肩をばんばん叩いて、感動を表し始めた。

「いえ、鉄のあにさん。大したことじゃありませんので」

弥助は逃げることもならず、平然と叩かれているが、本当は痛いのではないか。

「いいや、大したことだよ」

喜八は隣に座る弥助に体ごと向き直って言った。喜八が話しかけたので、鉄五郎はおとなしくなる。

「よし、弥助の案でいこう。あの先生の手伝いをする代わり、芝居のせりふの中に、俺たちの店の名を出してもらう。これなら割に合わねえことはないだろ」

喜八が言うと、弥助はそれなら了解したというふうに目を伏せた。

「さすがは弥助だ。百助さんも褒めてやれよ」

「いえ、倅が若のお役に立ったなら何よりで」

百助は機嫌よさそうに言ったが、その場では弥助に目も向けなかった。

「あっしと弟のために、本当にありがてえことでござんす」

鉄五郎が背筋をぴんと伸ばして言い、喜八に向かって深々と頭を下げた。

「お前らのためだけじゃねえ。こっちからも取り引きを申し出るんだから対等だよ。まだまとまったわけじゃねえがな」

喜八がそう言っても、鉄五郎は深く感動しているようであった。さらに、

「若はそうおっしゃるがな。鉄五郎、お前はこの御恩を一生忘れるんじゃねえぞ」

などと、百助が言うものだから、鉄五郎は「へえ」と直立不動の姿勢を崩さない。

「あのな、百助さんも鉄つぁんも。そんな大袈裟な話じゃねえから」

それでも、鉄五郎から感謝されれば嬉しいし、自分自身の望みに一歩近付けるかと思えば、気持ちも高揚する。

(それにしても、あんな名案がよくすぐに浮かぶもんだ)

改めて弥助のすごさに感服しつつ、ここまで来たら、儀左衛門がこの条件を受け容れてほしいとさえ、喜八はひそかに思い始めていた。

勇み足の鉄五郎がその晩のうちに六之助に知らせたため、喜八たちの申し出は翌日には東儀左衛門に伝わっていた。

そして、夕方近くになると、儀左衛門は見知らぬ若い男を伴って、店へ現れた。儀左衛門は当たり前の顔をして「い」の席に座り、若い男は注文を聞きに行った喜八に恭しくお辞儀をする。

「鉄五郎の弟、六之助と申します。今日は先生のお手伝いをするため、ご一緒させていただきました」

中肉中背で、丸っこい顔の作りは鉄五郎によく似ている。違っているのは目つきが優しげなのと、たいそう色白なところであった。

「ええと、こちらの申し出については……」

念のために喜八が問うと、「はい。それにつきましては」と話し始めた六之助を遮って、

「ああ、すべて呑んだる。あては台帳書きの算段がうまくいきさえすりゃ、他は何でもええさかい」

と、儀左衛門が早口に言った。

「すべて承ったとのことです。茶屋の出る場面を設けまして、必ずこちらの『かささぎ』の名をお出しいたしますので」

六之助が小声で言い添える。

こうして話がまとまると、六之助は「兄がお世話になって」と、喜八がきまり悪くなるほど丁寧に礼を述べた後、

「先生、ご注文は何を」

と、ようやく儀左衛門に向き直った。

「ふん。あては酒とつまみや。あんたは若いさかい、しっかり食べられるもんにせえ」

儀左衛門の言葉を受け、六之助はつまみは旬のもので任せると言い、自分用には三つ巴を注文した。

それから、二人は定位置となった「い」の席で食事をした後は、酒と茶を飲みながら店じまいを待つふうである。儀左衛門は帳面を取り出して書き物を始めたが、六之助はその邪魔をしないようおとなしくしていた。時折、儀左衛門が六之助に話しかけ、それに六之助が答えている。話の中身は芝居のことのようだ。

やがて、店じまいの刻になり、喜八と弥助がその他の客を見送ってから、二人の席へ出向いていくと、

「ほな、今日から始めますさかいな。まずは、腹ごしらえを済ませてきてもらいまひょか」

儀左衛門がその場を仕切るように言った。

そこで、喜八と弥助が奥の小部屋で急ぎ夕餉を済ませて戻ると、六之助は持ち込んだらしい硯で墨をすっていた。本腰を入れて台帳書きをするため、矢立では足りぬということらしい。帳面も儀左衛門が書き込むためのものだけではなく、すでに書かれたものが何冊も卓上に積まれていた。

「若旦那さん」

段取りと交渉などを任されているらしく、六之助が話しかけてきた。

「今日のところは立ち回りはなし、せりふ回しだけでお願いいたします。次回からは、こちらの台や腰掛けを一部、端の方へ寄せてもよろしいでしょうか」

謙虚に見えていたが、一たび仕事となれば、しっかりと要求もし、きびきび動くところがあるようだ。

「もちろん、動かすのは私がいたしますし、終わった後はしっかり元に戻します。若旦那さんと弥助さんは、先生のお手伝いだけをお願いいたします」

六之助の話が一段落した隙を狙って、

「ところで、このお手伝いは毎日続くんですか」

と、弥助が儀左衛門に問うた。儀左衛門は少し意表を衝かれたようであったが、

「せやな。毎日、仕事の後にあての手伝いをさせるのは気の毒やな。せりふ回しも立ち回りもけっこう疲れるものやというし」

と、考え込む様子を見せる。

「そうですよ、先生。いくらお二人が若いとはいえ、毎日は大変でしょう」

すかさず六之助が口を挟むと、

「ほな、一日おきにしまひょ」

と、儀左衛門はすぐに決定した。一日おきもけっこうな手間だが、せりふに店の名を出してもらうのだから、こちらも贅沢は言えない。

「今、あてが書いているのはな、先日起こった高田馬場での決闘をもとにした話や」

と、儀左衛門は胸を張って言い出した。

「ああ、中山安兵衛というご浪人が十八人斬りをしたという」

喜八はおあさから聞いた話を思い出してうなずいた。西条藩の侍同士の諍いから生じた決闘に、浪人者の中山安兵衛が加勢したのだが、これがとてつもない強さであったという。真偽のほどは定かでないが、十八人もの敵を斬ったという噂がすでに江戸の町中に広まっていた。

「せやせや。一昨日、あんたらに読んでもろうたのも、それのせりふや。演目の名は『高田馬場血風譚』にするつもりやけど、あんたらはどない思う」

儀左衛門は上機嫌に尋ねた。

「迫力があっていいんじゃないですか」

　喜八は思ったままを口にしたが、弥助は口をつぐんでいる。一方、六之助が「先生」と口を挟んだ。

「実際の事件を扱われる場合、名称は変えなければいけません。人名はもちろんですが、高田馬場もまずいのではないでしょうか」

「ああ、せやったな。高田馬場はまずい。ほな、高木馬場（たかぎのばば）とでもしておくか」

　そんないい加減な決め方でいいのかと思わぬでもなかったが、この時は喜八も黙っていた。六之助の方は大真面目に「では、『高木馬場血風譚』ということで」と応じている。

「この話には色恋沙汰（ざた）のないのが物足りん。決闘で死んだ侍には妻子があったというが、いっそ妻子でのうて許婚（いいなずけ）ということにして、中山安兵衛、もとい山中高兵衛（たかべえ）とでもするか――この男と決闘の前に、どこぞで会（お）うていたという筋書きはどないやろ」

「すばらしい。さすがは先生。決闘の迫力だけを見せ場とするのではなく、色恋沙汰の行方でも手に汗握る筋書きになさるのですね」

　六之助がすかさず声を弾ませて、儀左衛門を持ち上げる。

「せやな、そしたら、その女子（おなご）と山中の出会いから……。よしよし、取りあえず、茶屋で会うたことにしまひょ。ちょうど、ええさかい、あんたら二人、そこに座り」

　喜八が女役、弥助が山中役とされてしまった。この日はせりふ回しだけと言っていた約束はどこへいったのか、儀左衛門も六之助もそんなことはすっかり忘れているようだ。

それからは、儀左衛門が書きつけたせりふを、交互に喜八と弥助はしゃべらされた。儀左衛門は興が乗ると、書くのが追い付かないらしく、そういう時は儀左衛門が口にしたせりふを、六之助が慌てて書き取るのだが、そういうやり取りもなかなか滑らかで、ふだんから慣れているようであった。

「そこはもっと柔らかく言ってみよか」

「次はやや気の強い感じの女風に」

「山中は堅い男やさかい、初めから女を見たりせえへん。目の位置が違うてます」

次々に飛んでくる儀左衛門の要求と挑戦に、いちいち応えているうち、一刻は瞬く間に過ぎ、五つ半（午後九時頃）を知らせる時の鐘が鳴った。それを機に、儀左衛門と六之助は引き揚げていったが、喜八と弥助はへとへとに疲れ切っていた。

「大事ないですか」

気がつくと、松次郎が二人のために冷たい水を運んできてくれていた。

「あ、松つぁん、まだ帰らずにいてくれたんだな」

と、礼を言ったものの、喜八の声はすっかり掠（かす）れてしまっていた。

六

　二月末日、この日は山村座の「雪松原巴小袖」の千穐楽に当たる。一方、喜八と弥助が東儀左衛門の台帳書きの手伝いをする日でもあった。

　一度目でたいそう気をよくした儀左衛門は、二度目も大張り切り。見栄えのしない弟子たちに下手なせりふ回しをさせるよりずっと話が膨らむと言い、筆の進み具合も順調なのだそうだ。

　二度目は、六之助の持参した木の棒を使って、刀を振る所作までさせられたのだが、

「あんたら、刀の扱いが下手やなあ」

　と、儀左衛門はあきれた。侍でもあるまいに、刀の扱いに慣れているはずがない。

「どこぞの道場へでも通って、腕を磨いてきてくれんか」

　と、無茶な注文までされて辟易したものである。

　そして、三度目の今日。儀左衛門と六之助が夕方近くに店へやって来たのはいつも通りだが、この日はおあさとおくめも一緒だった。

「お父つぁんが見に来てもいいって言うから、あたしたちも来ちゃったの」

　おあさは目を輝かせて言う。ちゃんと二人の表情が見えるようにと、わざわざ眼鏡を持

ってきていた。そういえば、おあさも父親と同じく目があまりよくなくて、芝居を観る時には眼鏡をかけるのだと聞いたことがある。

「本物のお芝居じゃあるまいし、そこまで気合を入れて見なくてもいいと思うんだけどな」

喜八はそう言いつつも、おあさたちに見られるとなると、急に出来栄えが気になってきた。一月に舞台に立った時でさえ、そんなことはまったく気にならなかったのに……。どうしてだろうと思っていたら、

「何だか楽しそうですね」

と、弥助から声をかけられた。

「別にそんなこともねえが。お前は楽しくなさそうだな」

「はい、楽しくないですね。若だって、東先生のお手伝いは疲れるってぼやいてらしたじゃありませんか」

「今だってぼやきたいよ。声は嗄れるし、体もしんどい。けど、本人の目の前でそう言うわけにもいかねえだろ」

弥助はなぜかじっと喜八を見据えてきた。その後、

「……そうですね」

と、すぐに目をそらしてしまう。弥助も儀左衛門の手伝いで疲れていて憂鬱なのだろう

と思い、それ以上は気にかけなかった。

この日も店じまいになると、いよいよ台帳書きのお手伝いである。喜八と弥助が奥の部屋で夕餉をかき込む間、店の方は立ち回りのための準備が調えられた。喜八たちが出向くと、おあさとおくめは入り口に近い隅に身を寄せて座り、こちらも見物支度は万全のようである。

「ほな、今宵も始めさせてもらいまひょ」

儀左衛門が合図をし、六之助がまず喜八に言うべきせりふの書かれた帳面を開いて見せた。

「昨日の続きで、山中高兵衛が決闘の直前、もう一度、女子と会う場面です。決闘に行くことを隠し、生きて戻れたらまた会ってほしいという気持ちで、別れのせりふを口にする。このせりふはまだ仮のもので、先生が練っているところなのですが、とりあえず、これを言ってみてください」

六之助の指示の出し方も、だんだん板についてきている。

「で、今日はどっちがどっちの役をやるんです」

喜八と弥助はこれまで役柄を入れ替え、男の役も女の役もやらされてきていた。

「ほな、若旦那が山中で、弥助はんが女子の役や」

と、儀左衛門の指示が飛ぶ。

「場面は川のほとりなんかがええと思うのや。柳の木が生えてる感じやな。若旦那、調理場との境にある柱を柳の木と見立てて、片手を添えてくれるか。ふんふん、それでええ。そこで、そのせりふや」

『……今日はあまり暇がない。ただ、どうしてもお嬢さまのお顔が見たくて、待ち伏せなどをしてしまった。私を疎ましいとお思いか』

喜八がせりふを言い終えるや、六之助が帳面をめくり、弥助の目の前にそれを掲げる。

「はい、次。女子は周りの目を気遣い、顔をさらすまいとしておる。弥助はん、手拭いは持ってはるか。それを広げて口もとに当てる。もう片方の手で端を持ちながら……。ちゃうちゃう。持ち方が反対。山中に顔を隠してどないするのや。山中には見えるように。世間の人には見えぬように。せやせや。はい、せりふ」

『とんでもない。わたくしはぬしさまとお会いするのを、夢にまで見ておりましたのに』

「はい。そこでちと斜め下を見る。ええぞ、実にええ」

儀左衛門が昂奮気味の口ぶりで言い、思わず立ち上がった。その拍子に腰掛けが倒れ、騒々しい音が立つ。と同時に、別の音がそれに重なった。

店の戸が何の前触れもなく開いたのだった。戸を叩くなり声をかけるなり、そういう合図もなく、戸を開けて入ってくる者といえば――。

「はい。ちょいと邪魔するよ」

この店の女主人で、喜八の叔母のおもんであった。さらに、その後ろから入ってきたのは、

「やあ、喜八ちゃん。久しぶりだね」

おもんの夫で、つい先ほどまで舞台の上で巴御前の役を演じていた藤堂鈴之助である。

「叔母さん、それに叔父さんまでめずらしい」

喜八は驚きの声を上げた。

「いやあ。ひとまず今日の千穐楽が終わったんでね。座長さんが皆を連れて大茶屋へ向かったんだけど、私はちょいと抜けさせてもらったのさ。喜八ちゃんがいよいよ役者をやる気になったって聞いたもんでね。もう嬉しくなっちゃって」

浮き浮きした調子で喜八に語りかけた鈴之助は、喜八がそれは違うと異を唱えるより先に、儀左衛門の方へ目を向けてしまった。

「これは、東先生」

山村座で儀左衛門の芝居を演じることもあったから、顔見知りであるのは当然だが、そこそこ親しく言葉を交わす間柄のようだ。

「先生が喜八ちゃんを説き伏せてくれたんですね。感謝していますよ。それはそうと、『雪松原巴小袖』は御覧になっていただけましたか」

話はすぐに今回の興行の中身へと移っていく。

「観た。あんたの芝居はなかなかのもんや。せやけど、小袖の扱い方がよくない。何というても地味なんやな。太閤さまが着てたみたいな黄金の小袖くらいがええ。最後はその小袖を着込んだ巴御前が敵と戦うくらいの派手さがほしいところや」

「しかし、源平の頃、黄金の小袖はないでしょう。それに、白い雪景色に映えるというんで、わざと黒いものにしたんですがね」

「史実の通りにすることはないやろ。ええか、芝居は見世物や。どれだけ観る人を楽しませたかで、良し悪しが決まる。あてに台帳を書かせてくれたら、もっと人目を引くようにできた」

「まあまあ。先生にもまた改めてお頼みしますから、どうぞよしなに。それより、今日は先生が喜八ちゃんにどんな教え方をされているのか、見せてもらおうと思いましてね。喜八ちゃんはいずれ私の弟子になるんですから、教え方の方向が違っていたら、のちのち困ったことになりますし」

鈴之助の物言いは柔らかいのだが、暗に喜八に対して変な癖でも付けられては困ると言っているのだった。

「叔父さん、違うんだよ」

喜八はたまりかねて口を挟んだ。

「俺は、先生が台帳を書く手伝いをしてるだけなんだ。別に先生から何かを教わってるわけじゃないし、役者になる気もない」

「まあ、喜八ちゃんはずっとそう言い続けてきたからね。いきなり気が変わったと認めるのも、恥ずかしいんだろう。しかし、喜八ちゃんは見た目にも恵まれているし、才能だってあるんだ。自分ではやりたくないと言っていても、お客さまの強い後押しに逆らえなくなる日がいつか来るんだよ」

　恥ずかしいとかそういう問題ではない、と言いたかったが、勘違いを解くのは骨が折れそうだった。今はおあさたちもいるのだから、身内の恥をさらすべきではない。ましてや、鈴之助は役者なのだ。

　ちらとおあさたちの方を見ると、案の定、「本物の鈴之助よ」などと言い合いながら、目をきらきらさせて鈴之助を見つめている。

「取りあえず、先生が書いている途中のせりふ回しをしているんですよね。ちょっと見物させてもらっていいですか」

　鈴之助はそう言うと、儀左衛門の席の横に、片付けてあった腰掛けを勝手に引き寄せ、「さあ、お前。こっちへおいで」と先におもんを座らせると、自分もその隣に腰を下ろした。

「それじゃあ、先生。続きをよろしいでしょうか」

　六之助が儀左衛門に言い、儀左衛門は「ええ」とうなずく。帳面がまためくられ、今度は喜八に差し出された。

『夢に私が現れたとは、私があなたを想っていたという証。あなたに会いたいあまり、あなたの夢の中にまで出向いていってしまったのです、おせん殿』

「あかんあかん。若旦那、さっき、言うたやろ。柱を柳の木に見立てて、幹に手をつけるって。何でふつうに立ってはるんや」

と、儀左衛門の叱声が飛ぶ。

「あ、そうか」

おもんと鈴之助が現れたので、そんな設定はすっかり忘れてしまっていた。改めて喜八が柱に手をつけようとすると、

「待ってください！」

今度は鈴之助が大声を出した。すでに腰掛けから立ち上がっている。

「先生、これはどういうことです。喜八ちゃんがやっているのは男の役じゃないですか」

「せや。武者の役と女子の役、二人には交代でやってもろてる」

「しかしですね、喜八ちゃんは女形になるんですよ。下手に男の役なんてやらせないでほしいですね」

「あんたがそない言うなら、若旦那は専ら女役ということでもええが……」

鈴之助のあまりの剣幕に、儀左衛門がめずらしく折れかかった。

「いやいや、叔父さん。これはただのお手伝いなんだから、こだわらなくたっていいだろ。それに、弥助の女役だって、なかなかさまになってるんだ」

喜八が口を挟むと、「そうかそうか。弥助ちゃんも女形をやってみる気になったのか」

と、鈴之助は弥助に目を向け、機嫌を直した。

「いや、鈴之助さま。俺は女形どころか、男役だって無理ですよ。今回は若がお手伝いをすることになりましたので、お付き合いしてるだけのことで」

「そんなに謙遜しなくたっていいんだよ。そりゃあ、喜八ちゃんは女形の才能があると、私は前々から見込んでいたけれどね。弥助ちゃんがその気なら、二人まとめて私が面倒を見るよ」

鈴之助は傍らのおもんに、にこにこと微笑みかけ、

「そうなったら、お前、忙しくなるよ。二人をうちに引き取って世話しなくちゃならないからね」

と、言い出した。おもんは鈴之助とは異なり、ひどく冷静に言葉を返す。

「お前さんがそう言うなら、あたしはいくらでも世話しますけどね。喜八はついこの間、うちを出たばっかりですよ」

「今までは、うちの子として世話してたんだろ。今度は女形見習いなんだから、扱いがぜんぜん違ってきますよ」

そうした夫婦の会話を横で聞きながら、儀左衛門は「こりゃ、今夜は無理かもしれんな」と呟いた。六之助がそれを聞きつけ、「そうですねえ」と返している。

そんなところへ、松次郎が酒とつまみを運んできたので、その後はもう台帳書きどころではなくなってしまった。儀左衛門も酒を追加で注文し、鈴之助と芝居について語り始めている。

大人たちの酒の席には加わらず、喜八と弥助、おあさとおくめは何となく四人で固まり、別の方に寄せた台を囲んで腰を下ろした。

「せっかく来てくれたのに、無駄足になっちまったな」

喜八が言うと、おあさは「ぜんぜんそんなことないわ」と明るく言った。

「二人のせりふ回しも少し聞けたし、藤堂鈴之助をこんなに近くで見られたし」

「あたしも、吃驚しちゃいました」

おくめも嬉しそうであった。

「さっきのお話だと、鈴之助さんはやっぱり喜八さんを女形にしたがってるのね」

おあさがちらと鈴之助の方に目を向けて訊く。

「まあな。俺は役者になる気はないって言い続けてるのに、勝手に才能があるとか思い込んでるんだから困ったもんだよ」

「本当に才能があるんじゃないの。役者さんの目から見てそうなんだから、間違いないと思うけれど」

「いやいや、才能はこじつけだよ。誰かにちゃんと跡を継いでほしいって気持ちは、分からなくもないけど、それは別に見つけてもらうしかないかな」

鈴之助とおもんの間に実の息子がいれば、こんな話は絶対に出てこなかっただろう。それを思うと少し気の毒になるが、だからといって、役者の道へ進むわけにはいかない。

「今日残念だったのは、喜八さんの女役が見られなかったことだわ」

おあさは小さな溜息を漏らして呟いた。

「喜八さんが二枚目と女形とどっちが似合うか、それがまだ分からないのよね。お父つぁんもどっちもいけそうだなんて言うし」

「ふうん、東先生、そんなふうに言ってたのか」

「そうなの」

おあさは嬉しそうに顔を輝かせた。

「お父つぁんが言うにはね。喜八さんには上方で人気の芳澤あやめみたいな、地芸の素質がありそうだって言うのよ。所作事じゃなくて、役を演じる才能のことね。お父つぁんは上方にいた頃、駆け出しの芳澤あやめを知ってたそうなんだけど、何となく喜八さんと重なるんですって。でもね、喜八さんには所作事の素質だってあると、あたしは思うわ。喜八さんがちゃんと踊りを習ったら、きっと誰よりも輝くと思うのよ。だって、元がこんなにきれいなんだもの。でもね、だからこそ、その顔のまま二枚目の役をやってもすてきだと思うし、ここが悩ましいところなのよね。実際、今日のお武家役のせりふ回しもすてきだったし」

おあさの舌は止まるところを知らぬ様子で回り続けている。そういえば、芝居の話をする時は前にもこんなふうだったと、喜八は感心しながらその様子を見つめていたが、ややあって弥助が不意に立ち上がった。何も言わず、調理場の方へと行ってしまったので、さすがのおあさの舌もそれを機にぴたっと止まる。

「お嬢さん、まずいですよ。弥助さん、また怒らせちゃったんじゃないですか」

おくめが蒼い顔をして、おあさにささやいた。

「どうしよう。あたしが喜八さんのことばかりしゃべっていたからだわ。決して弥助さんのせりふ回しが下手だったとか、そういうわけじゃないのに」

おあさが必死になって言い訳するのが、何だかおかしい。

「弥助はそんなことで機嫌を悪くするような男じゃないよ」

と、喜八は告げた。きっと奥で麦湯か茶の用意でもしてくれているのだろう。

実際、少し経って奥から現れた弥助の手は、茶碗を載せた盆を持っていた。おあさとおくめの口からほっと安堵の息が漏れる。

おあさが芝居の話を再開したので、喜八とおくめはそれに耳を傾けた。喜八たちの眼差しが弥助から離れたちょうどその時、弥助はおもんにつかまっていた。

「ちょいと、あそこのお嬢さんは喜八の何なんだい」

おもんはちらとおあさに目を向け、弥助に問うた。ささやくような声なので、芝居談義に夢中の儀左衛門と鈴之助の耳には届いていないようだ。

「若にとっては、何者でもありませんよ」

弥助もまた低い声で答えた。おもんがおやという目を弥助に向け、弥助は思わず目をそらした。

「東先生のお嬢さんです」

同じくらいの低い声で告げ、おもんのそばを離れようとする。

「ちょいと、あのね。二人に何かあったら、あたしに知らせるんだ。いいね」

おもんが早口に告げると、弥助はおもんに目を戻し、今度はしっかりうなずいた。

「はい。ちゃんと俺が見張りますんで、ご安心を」

心得た様子で返事をすると、弥助は喜八たちの席へ向かって歩き出した。

「見張りとか、ご安心とかって、間者（かんじゃ）じゃあるまいし」

おもんは弥助の背中に向かって、首をかしげる。

「あたしは兄さんの代わりに、目を配ろうっていうだけなんだけどね」

続けられたおもんの独り言は、弥助の耳には届いていなかった。

第二幕　山菜尽くしの衣揚げ

一

月が変わった三月初め、山村座の興行はお休みである。が、茶屋かささぎはこのところ客足が伸びてきたこともあり、興行のない時でも客の数を保てるようにしたいところであった。

それには何らかの工夫が必要だろうと、弥助は言う。皆で話し合った結果、その日限りの献立が効果も高いという話になった。

「二月は午の日に限って、初午いなりを出しましたので、三月はやはり桃の節句でしょうか」

「なら、甘酒と雛あられ、菱餅ですな」

弥助と松次郎が話し合い、まずは三月三日の節句の日、限定の献立を出すことになった。

「いっそのこと、それを頼めるのは女客だけってことにしたらどうだ」

喜八が言うと、弥助と松次郎は顔を見合わせた。

「献立を出す日を限るだけじゃなく、注文できる客も限るということですね」

弥助はそう呟いて考え込み、松次郎は「若がそうおっしゃるなら、それでいいですが」

と言う。しばらくしてから、弥助はおもむろに口を開いた。

「女客に限れば、確かに女客の大半が注文してくれるでしょう。しかし、男女連れ立ってのお客さんもいるでしょうし、不快に思う男の客もいるかもしれません」

「なら、女客には持ち帰り用の雛あられを用意するってんでどうです」

松次郎によれば、甘酒と雛あられはどちらも甘く、組み合わせが好ましくないという。

その点、菱餅は味付けを醤油と黄な粉にすれば、甘酒とも合う。これを店で出す品とし、さらにこれを頼んだ女客にだけ、袋入りの雛あられを持ち帰ってもらうというのだ。

喜八と弥助に異存はなかった。

「その袋入りのあられは、若が女の客一人ひとりに手渡ししてください。お客さんたちからたいそう喜ばれますよ」

弥助はてきぱきと段取りを決めていく。

「おいおい。お前目当てでやってくるお客さんもいるだろ。そういう人にはお前が渡してやった方がいい」

喜八が言うと、「そうですか」と弥助は気がなさそうに返事をした。

「そんな女の人がいるとも思えませんが、若にはそれが分かるっていうのなら、おっしゃってください。そのお客さんには俺が渡しますよ」

弥助は照れくさそうな表情をするでもなく、淡々と言う。

(おいおい、本当に分かってねえのか)

だとしたら、弥助目当てに通ってきてくれている女客に申し訳ないと、喜八は内心ひそかに何人かの顔を思い浮かべた。

菱餅は蓬(よもぎ)入りの緑の餅と、菱の実入りの白い餅で、菱の実のような菱形にするのがこの日の習わしだ。

あられはうるち米をそのまま揚げて、ぽんと爆(は)ぜたものに砂糖をまぶし、食紅や抹茶で色付けをする。食紅は用意していなかったので、弥助が乾物屋へ出向いて買ってくることになった。

前日の三月二日は店を閉めてから、松次郎が菱餅と雛あられを作る予定にしていたが、この夜は東儀左衛門の台帳書きを手伝う日でもある。

取りあえず、料理は松次郎に任せ、喜八と弥助は儀左衛門の手伝いに専念した。

「先日は思いがけないことで進まんかったさかいな。今日はどしどし進めるで」

この日の儀左衛門は初めから張り切っていた。

「はい、先生。せめて決闘前の場面は、今日中に完成を目指さねばなりません」

と、弟子の六之助も気合十分である。

そうして、いつものように六之助の示す台帳のせりふを、儀左衛門の指示に沿ってしゃべらされているうち、調理場の方から甘く香ばしい香りが漂ってきた。

「あられができたんじゃねえか」

せりふの後で喜八が言うと、そこへ松次郎が盆にあられの皿と人数分の麦湯を載せて現れた。

「あられとな」

と、儀左衛門が興味を示す。

「これは、明日店で売るつもりの品なんですが、味を試したいので、少し休憩にさせてもらえませんか。先生たちもご一緒に召し上がって、感じたことなど聞かせていただければ――」

寡黙な松次郎に代わって、弥助が儀左衛門に説明する。

「ほうか。なら、休憩にしまひょ」

儀左衛門は仕方がないというふうに装いながらも、香ばしい揚げ立ての菓子を前に嬉しそうである。

それから、一同は一つの台に集まって座り、あられを口に運んだ。

「香ばしいし、さくさくして癖になりそうだな」

喜八は松次郎に向かって、さっそく感想を述べる。客の二人にも訊いてみると、

「舌触りの軽さと甘さがちょうどいいと思います」

と、六之助は言った。甘いものが好きなのか、何度も皿に手を伸ばしている。

しかし、儀左衛門は一度口に入れたきり、さらに食べようとはしなかった。

「お口に合いませんか」

松次郎が儀左衛門に目を向けて問う。

「いや、あんたの作る料理はどれも美味いし、あては好きや。けど、これは……」

儀左衛門がわずかに口ごもると、

「どこがいけないんでしょう」

松次郎は真剣な口ぶりで、さらに儀左衛門を促した。

「いけないわけやない。これでええんやと思う。あては食わんけど、江戸では雛あられは甘いもんやさかいな」

「どういうことですか。江戸以外の雛あられは違うとでも？」

弥助が興味を持った様子で訊き返す。

「あては上方から出てきたさかい、雛あられもあっちのものに馴染んでしもた。あっちは

塩や醬油で味付けしたもんを雛あられというのや」

「そうなんですか」

　喜八と弥助、松次郎は互いに顔を見合わせた。

「ま、そないなわけであては好まんけど、ここの店の客は江戸の人やさかいな。六之助を見てみぃ。喜んで食うてる」

「はい。私はいいお味だと思います。女子衆(おなご)にも気に入られるでしょう」

　六之助は師匠が食べないのなら代わりに――とでもいうつもりか、喜んで口に運び続けている。

「しかし、六之助さんでしたな。これは甘酒とは合わんでしょう」

　突然、松次郎から声をかけられた六之助は「ひっ」と妙な声を上げた。松次郎の眼力に圧倒された様子で、雛あられに伸ばしていた手を引っ込める。

「そ、そう言われたら、そうですな。私は甘酒も好きですが、このあられと一緒にとは思わないでしょうか」

「上方では甘酒と雛あられ、よう口に合(お)うたけどなあ」

　儀左衛門は残念そうに言って、麦湯をすすった。

「若」

　不意に松次郎が力のこもった声を出す。

「せっかくですから、東先生のおっしゃる上方の雛あられってのを作ってみようかと思うんですが」

「それなら、雛あられも店で食べてもらえるな」

「上方風のものを店で出し、甘い方は持ち帰りにするのはどうか、と」

松次郎が相変わらずの力強い声で提案する。

「なるほど、そりゃ、お客さんにも喜ばれそうだ」

「俺もいいと思います。念のため、上方風の味付けであることは、注文の時にお知らせするようにしましょう」

と、弥助も言葉を添える。上方風の雛あられは嫌だと言う客がいれば、その分、菱餅の量を増やせばいい。

「それじゃあ、甘酒、菱餅、雛あられの三種一そろいで、『お雛さま』だな」

喜八の言葉に、松次郎と弥助がうなずき返す。

「手間はかかりませんので、今から上方風のものを作ってみます」

松次郎は言うなり、すぐに調理場へと戻っていった。それから、残った者たちが再び台帳のせりふ回しを始めて、それがいくらか進んだ頃、松次郎が揚げ立ての雛あられを運んできた。

再び五人がそろって、新しい方の雛あられを味見する。塩味のものには抹茶がまぶされており、醬油味のものはこげ茶色をしている。

「ほう、ええにおいや」

醬油の香りが強いため、先ほどよりも香ばしさが増している。誰より先に皿に手を伸ばした儀左衛門は、一口食べるなり、

「ああ、これやこれ。懐かしい味やわ」

と、すっかりご機嫌になった。

喜八と弥助、六之助もそれぞれ味見をし、これはこれで悪くないと言い合った。ついでに松次郎が用意してくれた甘酒と一緒に味わうと、菓子のしょっぱさ、甘酒の甘さが互いに引き立つことも分かった。

「じゃあ、これで決まりだな」

喜八が言うと、松次郎はほっとした様子で、おもむろにうなずき返した。

二

翌日の三月三日、かささぎでは品書きに「お雛さま」を一日限りで加えた。菱餅と雛あられ、甘酒の三種一そろいで、雛あられは上方風の味付けを店の中で食べられる。さらに、「女のお客さんには、お持ち帰り用のあまーい雛あられをお付けします。これは、『お雛

さま』を頼んでくださった方に限りますよ。さあさあ、女の方はもちろん、男の方も今日だけの縁起物『お雛さま』をお試しください」

喜八が売り込んだ甲斐もあって、「お雛さま」はどんどん注文が入った。お雛さまを頼んだ女客が帰る際には、

「お客さんがこの一年、無病息災でありますように」

と、喜八が——時には弥助が一言添えて、袋入りの雛あられを手渡す。この文言を考えたのは弥助であった。そもそも桃の節句は「女の子の無病息災を願う」行事と考えられていたから、男客から不満の声も上がるまい。

しかし、そんな心配もいらないほど、この日は女客の出入りが多く、そもそも通りを歩いている人も女連れが多かった。せっかくの桃の節句、女同士で買い物なり花見なり、出かけてきたということらしい。

だからこそ——。

その男客は、かささぎの中でもたいそう目立った。

ちょうど昼過ぎにふらっと入ってきた若い浪人者である。初めて見る顔で、連れはなし。

男は勝手に最も出入り口に近い席に座った。天気がよいこともあり、店の戸は半分開け放っていたが、男の目はその通りを行く人の方へと向けられている。

「いらっしゃいませ。お連れさまが後からお見えになられますか」

喜八は席へ出向いて尋ねたが、男客からは「いや」と低い声で返された。顔立ちは整っているが、暗い表情がそれを台無しにしている。喜八も余計なことは言わず、

「ご注文はどういたしますか」

と、尋ねた。男はあまり気のない様子で「お勧めのものはあるか」と訊き返してくる。

「今日は、甘酒と菱餅、雛あられ――そろいのご注文が多いですが、これは餅の量が少ないですので……」

「それでいい」

客は喜八の言葉を遮って告げた。雛あられが上方風の味付けであることを告げても、ろくに聞きもせず「ああ、かまわぬ」と言って、追い払うようなしぐさをする。ところが、いざ喜八が立ち去りかけると、今度は「待て」と呼び止めてきた。

「この近くに、巴屋という店があるか」

男客は続けて問うた。同業の他店について尋ねてくるなど、風変わりな客だと思いつつ、

「巴屋でしたら、芝居小屋と通りを挟んだ向かいにございますが」

と、喜八は答えた。

「うちのような茶屋と違い、二階にも客座敷を備えた大茶屋でございます」

「それは知っておる」

男客はどこか苛々した調子で返した。

それから「お雛さま」一そろいを運んだが、男は一口甘酒に口をつけただけで、相変わらず店の外の通りに目を向け続けている。菱餅にも雛あられにも手を伸ばそうとしない。

「誰かと外で待ち合わせでもしていて、それまで時をつぶしてるんですかね」

調理場の奥で、喜八と弥助は声を潜めて語り合う。

「待ち合わせっていうより、果たし合いの相手でも待ってるみたいじゃねえか」

と、喜八は感じたままを口にしたが、

「まさか。東先生の台帳じゃあるまいし」

と、弥助からは受け流された。

そうこうするうち、件の男客は甘酒もろくに飲まず、餅とあられにも手をつけぬまま、銭を置いてふいっと席を立ってしまった。

五十文の品に対し、百文も置いていった。心付けにしては多い。それに気づいて、「お客さん」と喜八は急いで店の外へ出たが、男の姿は人ごみに紛れてもう見えなかった。たいそう足早に去っていったようである。

店へ戻ると、ほとんど手の付けられていなかった皿と茶碗はすでに下げられていた。それからしばらくは何ごともなかったが、昼時を目指して来た客が少なくなり、そろそろ休憩を取ろうかという頃、

「大変だっ」

という声が通りの方から聞こえてきた。

まだ店にいた三人の客が何ごとかと箸の動きを止める。喜八と弥助はすぐさま店の外へ飛び出した。叫びながらこちらへ駆けてくるのは、二人の顔見知りである。かささぎへ青物を売りに来てくれる棒手振り(ぼてふ)りの甚兵衛(じんべえ)という男であった。

「甚兵衛さんじゃねえか。どうした」

喜八が声をかけると、甚兵衛は荷を担いだままとは思えぬ速さで駆け寄ってきた。

「あっちで大変なことになってるんだ。とにかく俺と一緒に来てくれ」

ただ事ではない様子で、何があったと訊いても、来れば分かるとしか言わない。そこで、後のことは松次郎に任せ、喜八と弥助は連れ立って甚兵衛のあとに続いた。

甚兵衛が向かったのは山村座の芝居小屋の方である。だが、そこへ行き着く前に人だかりが見えてきた。それは小屋の方ではなく、向かいの大茶屋、巴屋を囲むように作られている。

巴屋に何かあったようだと気づいた瞬間、喜八の脳裡(のうり)には先ほどの若い浪人の顔が浮かんだ。さかんに巴屋を気にしていたあの男が、まさか巴屋の前で事件でも起こしたのだろうか。

嫌な予感を抱きながら、甚兵衛に続いて、人ごみの中に割って入ると、そこにいたのは柄の悪そうなならず者たちであった。二十代から三十代ほどの男が四人、巴屋の店前(たなさき)を占拠するように立っている。

紅や紫の派手な裏地をこれ見よがしに見せ、女物の色鮮やかな小袖を肩にかけている者もいた。

喜八は先ほどの浪人の姿を捜したが、見つからなかった。どうやら、この騒ぎとは関わりがなかったようだ。

ならず者の男たちが陣取っているため、巴屋には他の客が出入りできなくなっている。巴屋の奉公人と見える者たちが店の中から、どうか退いてくれないかと声をかけているようなのだが、ひと睨みされるか、うるせえと言い返されて、引き下がるしかないようであった。

「巴屋さんは用心棒を雇ってねえのか」

喜八は甚兵衛に尋ねた。甚兵衛はこの辺りで青物を売り歩いているから、巴屋の事情にもくわしいはずであった。

「前はいたようだけど、近頃は見かけないし、たぶん置いてないと思う」

と、甚兵衛は答えた。

「あの手の類は、用心棒がいるというだけで、避けられるものですけれどね」

弥助が落ち着いた声で言った。当たり前だが、喜八や弥助はああいった類に脅えることはまったくない。

その時、人ごみの中から、一人の若い娘が勇気を振り絞った様子で、一歩進み出た。桃の花柄の絞り染めを身にまとい、簪の先にも花の飾りが揺れている。

「わ、わたくし、そちらのお店に用があるのですが」

「お、お、お嬢さま」

若い娘の後ろには、供の女中と思しき少女が付き従っているのだが、こちらはすっかり脅え切っており、女主人の袖をつかんでぶるぶる震えている。それでも、お嬢さまを置いて逃げ出すわけにはいかないと、必死にこらえているようだ。

「なんだ、お嬢ちゃん」

ならず者の男がにやにや笑いながら若い娘に言った。

「入りたきゃ、入りゃいいだろ。何も俺たちゃ、店に入るななんて言ってねえぜ」

「でも、皆さまがそちらにおられると、中へ入ることが……」

「はあ？　声が小さくって、何を言ってるかよく聞こえねえなあ。お嬢ちゃん、もっとこっちへ来て、耳もとでしゃべってくれねえかな」

娘は気圧された様子で、一歩下がる。

「あの、お客さま。困ります」

「あのう」

と、巴屋の奉公人たちが男たちに言うのだが、「はあ、俺たちはてめえの店の客じゃねえんだよ」と大声で言い返され、為す術もない様子であった。

「おいおい、お嬢ちゃん。離れちまったら、もっと聞こえなくなるだろ。しょうがねえなあ。それじゃ、俺の方が近くへ行ってやろうか」

ならず者たちの中でも、形の大きな男がずいっと娘の方に足を踏み出した。

娘はそれですっかり怖気づいてしまったらしい。男が近付くより先に、踵を返して逃げ出した。

「あ、お嬢さま」

女中が慌てて娘を追いかけ、二人の姿は見る見る巴屋から遠ざかっていく。取り巻きの人々もついそちらへ目を向けた。その時である。

「いってえな」

突然、怒りの声が上がった。驚いた見物人たちが目を戻すと、先ほど娘に近付こうとしていた男が頭を手で押さえている。その足もとには女物の巾着袋が落ちていた。

「誰のしわざだ。出てきやがれ」

男は見物人たちに向かって吠えた。

「あたしよ」

と、負けん気を滲ませた声で進み出たのは、何とおあさではないか。付き添いのおくめもいたが、堂々たる態度のおあさと違い、びくびくしている。

「あんたたちが邪魔したせいで、さっきの女の方がお店へ入れなかったじゃないの」

おあさはならず者たちに食ってかかる。

「てめえは誰だ。さっきの娘の知り合いか、それとも、この店と関わりでもあるのか」

「知り合いでもないし、巴屋さんには入ったこともないわ」

少しも脅えることなくはきはきと受け答えするおあさを、喜八は半ば感心して見つめてしまった。

（度胸があるな。そういや、俺も巾着を投げつけられたことがあったっけ）

喜八の場合は、怒りに我を忘れかけた時、巾着をぶつけて冷静さを取り戻させてくれたのであった。おあさは狙いを外さずに投げるのがなかなか上手い。

「ずいぶん威勢のいい嬢ちゃんだが、それが時には仇になるってこと、教えてやらなくちゃなあ」

ならず者はおあさの方に向かって歩き出す。その時、喜八はおあさの前に飛び出した。

「この人に近付くんじゃねえ。三下奴どもが！」

おあさの前に立ち、両腕を広げて、ならず者の男を見据える。

「何だ、てめえは」

男の目がつり上がり、顔は怒りでさらに沸騰する。

「この人は俺の店のお客さんだ。危ない目に遭わせるわけにはいかねえ」

「ほう。俺の店っていうからにゃ、てめえもこの辺の茶屋で働いてる口か。どこの茶屋だ」

喜八は無言を通す。わざわざ店に災厄を招き寄せる必要もない。

「ま、いい。この通りの茶屋に一軒ずつ入っていきゃあ、すぐに分かるんだからな」

それは、この辺りの茶屋を一軒一軒、邪魔して回るということに他ならなかった。そうなれば、他の茶屋からの恨みを背負いかねない。

「俺の店はかささぎだ。そこの小さな茶屋だよ」

悟った喜八は自ら告げた。

「なら、次はてめえの店に行ってやるよ。常連らしいそっちの嬢ちゃんとも仲良くなれそうだしな」

「あんたたちみたいなお客、お断りよ。さっさと木挽町から出ていってちょうだい」

今度はおあさが叫ぶ。

「お客さん、もうそれ以上は――」

弥助が進み出て、おあさにささやいた。おくめと一緒に喜八のそばから引き離す。

「若、喧嘩沙汰(けんかざた)はまずいです。鬼勘に言いがかりをつけられかねません」

弥助はその時を狙って、喜八に小声で忠告してきた。

「分かってる。無茶はしねえよ」

喜八も小声でささやき返す。役人連中を呼んでくるまでの間に、てめえら二人ともぶちのめして立ち去りゃいいんだろ」

弥助の言葉が聞こえたらしく、男は挑発してきた。

「へえ、ずいぶん耳がよくなったんだな。さっきは、耳の遠い爺さんだと思ったもんだが……」

喜八が言葉を返すと、男は「何だと」と怒りに任せて手を振り上げた。喜八がどう避けようかと算段した時、

「取り込み中のところ、悪いが……」

と、落ち着いた男の声が背後から聞こえてきた。振り返ると、二十代半ばほどの体格のいい男が立っている。浪人者のようだが、上等の羽織に袴を着け、裕福そうに見えた。

それにしても今日は浪人と縁のある日だなと、喜八が思っていると、

「それがしはそこの巴屋へ用がある。退いてもらえないだろうか」

男はさわやかな声で告げた。

「ええ、いいですよ」

喜八は言って、さっさと脇へ退いた。腕を振り上げていたならず者の方はその格好のまま、値踏みするように浪人者を見据えている。

「そちらは退いてくれぬということかな。後ろのお三方も同じであろうか」

浪人がならず者たちに尋ねた。

「退かぬとは言わねえが、俺たちがどこにいたって勝手だろ、浪人さん。ここは巴屋の敷地じゃねえ。誰が通ってもかまわねえただの道なんだからさ」

「ほう。ただの道ならば、他人の迷惑になることをしてもかまわぬと、そういう理屈であろうか」

「俺たちが迷惑みたいな言い分だが、浪人さんが店へ入るために、俺たちを退かそうとするのも、俺たちにとっちゃ迷惑なんだよ」

浪人は口もとに冷笑を浮かべて言った。

「まさに屁理屈(へりくつ)だな」

「てめえも俺たちを怒らせようっていうのか」

ならず者が浪人者に凄(すご)んでみせたその時、見物人たちが不意にざわつき始めた。

「ねえ、あの方。中山安兵衛さまじゃない」

「あ、十八人斬りの？」

「高田馬場の決闘で評判の方ね」

それらの声はわざと聞かせるかのように、次第に大きくなっていく。すると、ならず者たちは気圧された様子で、互いに顔を見合わせた。

やがて、見物人たちの中からは「中山さま、お助けください」という声が聞こえ、巴屋の奉公人たちも「お客さまの出入りを邪魔されて困ってるんです」と、ここぞとばかり声を張り上げた。

「それがしの出入りも邪魔しようというのなら、今ここで真っ向から勝負してもよいが」

浪人は刀の柄（つか）に手をかけて言う。ならず者たちはそれを見るなり、ちっと舌打ちした。一人が「行くぞ」と声をかけると、他の三人もあとを追っていく。

「鯔背（いなせ）だなあ。おたく、本物の中山安兵衛さまなんですね」

見物人の中の一人が、浪人に向かってはしゃいだ声で問うた。が、浪人は軽く会釈をしただけで返事はせず、そのまま巴屋へ入っていってしまった。

その姿が店の奥へ消えてしまうと、見物人たちもそれぞれ散っていく。喜八と弥助、おあさとおくめの四人は、かささぎへ向かって歩き出した。

三

かささぎでは、おあさとおくめ以外の客が去るや、暖簾（のれん）を下ろし、休憩を取った。

「まあ、しばらくは他のお客さんも来ないからさ。二人とも甘酒でも口にしながら、ゆっくりしていきなよ」

喜八は二人に「お雛さま」を勧め、自分たちはその間に手早く昼餉を済ませた。

「あたし、馬鹿なことして、喜八さんに迷惑かけちゃったのよねえ」

喜八が奥で食事を済ませてから二人の様子をうかがうと、おあさは甘酒を飲みながら、おくめを相手にぼやいている。

「何とかしなきゃって思うと、頭で考えるより先に手が動いちゃって」

「でもお嬢さん、巾着を投げる時だけは、眼鏡なしでも絶対に外さないからすごいです」

おくめは妙な励まし方をした。案の定、おあさの慰めにはならなかったようで、

「そんなに遠くから投げるわけじゃなし、あのくらいはちゃんと見えるわよ」

おあさははあっと大きな溜息を吐いた。

「まあ、そんなふうに落ち込まないでよ」

喜八は二人の席へ近付いて声をかけた。

「でも、あのならず者たち、今度はこちらへ嫌がらせに来るかもしれないわ。あたしがあの人たちに絡まなければ、このお店のことも知られなかったのに」

「直に嫌がらせをされなくたって、同じ町の茶屋があんなことされてたら、うちだって迷惑だ。どっちにしても、またこの町へ来たら放ってはおけない」

「その時はどうするつもりなの」

「まだ考えてないよ。大体、来るかどうか分からねえし」

相手を叩きのめしてこの町から追い出すことができればいいが、そういうわけにもいかない。真っ当な方法としては、被害を受けた店が奉行所に届け出るということだろうが、今日の段階で巴屋が訴えるかどうかは不明である。

（ちょうど鬼勘がこの町に来ている時に、あいつらと鉢合わせでもしてくれりゃ都合がいいんだがな）

とは思うが、鬼勘が来ているとなれば、ならず者たちはすぐ察知して、そそくさと姿を消すだろう。

「巴屋さんはあんなに大きな店なのに、どうして用心棒を置いていないのかな」

喜八が先ほど甚兵衛から聞いた話を思い出して言うと、

「そのことなら、あたし、事情を知っているわ」

と、おあさは少し元気を取り戻した。

「ずっと置いていないわけじゃなくって、入れ替わりが激しいの。去年も確か二回ほど入れ替わったわ。で、去年の十一月の顔見世に合わせて、新しい人を雇ったんだけど、今年に入って間もなく辞めちゃったんですって」

「ずいぶん早く辞めちまったんだな」

「それには理由があるのよ」

と、おあさはもったいぶった様子で微笑む。

って、お金はないけど腕には自信がある

「用心棒をする浪人さんって、誇り高い方が多いのよ。お金はないけど腕には自信がある
っていう感じの――。だから、浪人さんを雇う時はそれなりにお店の側も気をつかわなく
ちゃいけないのに、巴屋の旦那さんっていう人がまた、そういうことのできない人なの。
要求も多い上に、嫌なら辞めてくれていいとか、すぐに口にしちゃうんですって」
「それで、本当に辞められちゃったのか。なら、巴屋で働く奉公人たちは大変だろうな」
「そうでしょうね。今の巴屋の旦那さんは数年前に、もともとあった巴屋を買い取ったお
人なんだけど、奉公人さんたちの中には、先代の頃から働いているって人もいるみたい。
そういう人たちは、誰が店の持ち主かってことに関わりなく、巴屋という茶屋を大事に思
っているんじゃないかしら」
巴屋は喜八にとっては何の関わりもない店である。だが、生前の父が妹のおもんのため、
買い取ってやろうとした大茶屋だと、松次郎を通して聞いたことがあった。おそらく、今
の巴屋の主人は、大八郎の買い取り話が町奴一掃の大弾圧で頓挫した後、新たな買い手と
なった人なのだろう。
一方、おもんは大八郎の死後、大茶屋ではなく小茶屋を買い取り、かささぎの名で店を
出した。それを任された喜八の胸には、いずれ大茶屋を買い取りたいという望みがある。
「しかし、巴屋さんもあんなことがあったからにゃ、また用心棒を新たに雇い入れるだろ

うな」

「ええ。用心棒がいないとああやって狙われるって、身に沁みたでしょうし……」

などと話をしているうちに、八つ半（午後三時頃）にもなったので、かささぎは再び暖簾を出した。おあさとおくめは甘酒をお代わりし、もうしばらく店に留まるという。

やがて、他の客も入ってきて、喜八は弥助と共にその相手をしていたが、ふと気がつくと、おくめの姿が消えていた。残っていたおあさに、

「おくめちゃんは先に帰ったのかい」

と、尋ねると、用事を頼んで出かけてもらったのだという。

「もしかしたら、人を連れて戻ってくるかもしれないけれど……」

というおあさの言葉を、その時の喜八はさほど気に留めなかったのだが、ややあっておくめが連れてきた客を見た時には驚いた。

「え、そちらのお武家さまは……」

つい先ほど、巴屋へ入っていった体格のよいあの浪人である。

「おあささんたちの知り合いだったんですか」

おあさの待つ席に二人が着いてから、喜八は浪人に驚きの目を向けて尋ねた。

「いや、初対面だ。ただし、こちらのお嬢さんの勇ましい様子は先ほど見ていたのでな」

おあさと一緒にいたおくめのことも、記憶に残っていたという。もちろん喜八のことも

見ていたと浪人は告げた。

巴屋から出てきたところで、おくめから声をかけられ、こちらへ案内されたのだそうだ。

「ようこそ、かささぎへいらっしゃいました。巴屋ほど大きくはありませんけれど、お好きなものを召し上がっていってください。俺は喜八といいます」

「中山安兵衛と申す」

この時初めて、浪人は名乗った。

やはり本物の中山安兵衛だったのだ。先ほどのならず者たちを相手にした言動にも迫力があったことを思い出して、喜八は納得する。

「中山さまとお話しする機会なんて二度とないでしょう？　ここは、お芝居の話の種を常に探しているお父つぁんに代わって、あたしがしっかりお話を伺わなければ」

と、おあさは張り切っていた。

「ふうむ、こちらの娘御から聞いてはいたが、まこと、狂言作者のお嬢さんなのだな」

「はい。父は中山さまのご活躍の話をお芝居にしたいと言っておりました。こちらの費用はあたしが持たせていただきますので、何でもお好きなものをご注文ください」

おあさは安兵衛に告げた。

お勧めはと訊かれたので、喜八は一応「お雛さま」のことを話したが、安兵衛は甘いものは苦手で、ふつうの酒とそれに合うものがいいと言う。先日、鉄五郎が里芋の衣揚げを

食べながら酒を飲みたがっていたことを思い出し、

「それなら、衣揚げなどいかがでしょう」

喜八が言うと、安兵衛は顔をほころばせ、里芋以外にも適当に見繕ってほしいと言った。

そこで、松次郎に話してみると、独活や筍など旬のものを揚げられるという。

やがて、熱々の衣揚げを盛った皿を酒と一緒に運ぶと、安兵衛はまず里芋を口へ放り込み、

「ううむ」

と、唸った。

「これは美味い。里芋の粘り気が衣揚げとこんなにも合うとは思わなかった」

感心したように言いながら、安兵衛は杯を一息にぐいと呷った。

「それがしは越後新発田の出身でな。父が浪人したゆえ、それがしも故郷を離れたが、かの土地は里芋の産地であった。多くは収穫できないのだが、実に美味い里芋なのだ。あの味を思い出した」

続けて、独活や筍、たらの芽、蕗の薹など山菜を中心にした揚げ物を、安兵衛は豪快に平らげていった。その間に酒もよく飲む。

「お料理もお酒もなくなる前に追加でお願いします」

おあさから頼まれたので、頃合いを見計らって、喜八は安兵衛の席と調理場を往復した。

その間、酒で口が滑らかになった安兵衛から、おあさは高田馬場の決闘について、いろいろと話を聞き出している。あの儀左衛門の娘らしく、どこからか帳面と矢立を取り出し、さかんに書き取りまでしていた。

喜八はずっと付き添っていたわけではないが、席の近くを通りかかれば、少しは話が耳に入ってくる。ちょうど新しい酒を運んでいくと、

「そうだったんですか。今日は巴屋さんでお見合いを……」

相槌を打つおあさと目が合い、「喜八さん」と呼び止められた。

「中山さまとお約束していた方、巴屋へはお見えにならなかったんですって。もしかしたら、あのならず者たちに邪魔されてお帰りになってしまった方、中山さまとお約束していた方だったのではないかしら」

巴屋に入れず去っていったのは、女中を連れた武家の娘のようだったから、確かにそれは十分にあり得る。

「きちんとお確かめになってください。お相手のお嬢さまは来なかったのではなく、来たけれど中に入れなかっただけかもしれません」

あんなならず者たちのせいで、縁談が壊れるようなことがあってはならぬと、おあさは熱意をこめて安兵衛に勧めた。しかし、安兵衛は首を横に振る。

「もしさような目に遭われたのなら、お気の毒であったとは思う。だが、縁談については

これでよかったのだ」

「どういうことですか」

「相手の方がどんな方であれ、それがしはお断りするつもりであった。それがし、浪人者ではあるが、中山の姓を捨てるつもりはない。しかし、先方は跡継ぎのいない家で、婿入りを望んでおられたのだ」

「そのことは事前にお伝えしなかったのですか」

「無論伝えた上、お断りした。しかし、とにかく会うだけでもいいからと、仲人が熱心に申されるのでな。そのお顔を立てるため承知したのだが、どうせ断るのなら会わぬ方がよい、という天の計らいであろう」

　安兵衛は相手に会えなかったのをさして残念と思うふうでもなく、気持ちはすでに切り替えているようであった。

「それにしても、この衣揚げはうまい。出されるままに食べてしまったが、これを馳走になってよいのだろうか」

　安兵衛は改めて自分の飲食した分量に気づき、おあさに尋ねた。

「もちろんです。あたしの父が仕事のかかりとして払いますから、中山さまは少しもお気になさらないでください」

「まことにかたじけない」

安兵衛は最後に残っていた衣揚げをきれいに食べ尽くし、今度は自分の金で食べに来ると言い残すと、上機嫌で帰っていった。

「というわけで、今日の払いについてはお父つぁんから受け取ってください」

おあさは言い置き、おくめと共に帰ろうとする。

「あ、待った待った」

喜八は慌てて呼び止めた。弥助に声をかけ、二人分の袋入り雛あられを持ってきてもらう。

「毎度ありがとう。おあささんが今年一年、無病息災でありますように」

そう言って、喜八はおあさに袋を手渡した。

「……ありがとうございます」

おあさはいつになく気恥ずかしそうな表情で受け取る。その後、弥助はもう一袋を喜八に渡そうとしたのだが、喜八はちらとおくめに目をやり、

「おくめちゃんにはお前から渡してやってくれよ」

と、言った。弥助は「分かりました」とあっさり承知し、

「おくめちゃんが今年一年、無病息災でありますように」

と言って、袋を渡した。

「あ、あたしにまでありがとうございます、弥助さん」

おくめは嬉しそうに袋を受け取った。

二人の娘たちはそれぞれ袋を大事そうに持ち、帰っていった。

「若が俺に手渡しさせる相手は年輩のお客さんばかりでしたけど、めずらしいですね。あんな若い……というより幼い娘」

弥助が不思議そうに首をかしげる。

「いや、何となくな。おくめちゃんはお前から渡されるのを喜ぶような気がしたんだよ」

「そうですか」

弥助はそれ以上何も言わなかった。だが喜八は、おくめが嬉しそうな表情を見せた時、自分の勘は間違っていないと思ったのであった。

四

三月三日、さまざまなことのあった桃の節句の日も暮れた。

この日は東儀左衛門の台帳書きの手伝いはない。

「やれやれ。今日は疲れたな。松つぁんも本当にお疲れさま」

喜八のねぎらいに、松次郎はさして表情を変えず、黙って頭を下げた。油の前に立ちっぱなしで、疲れた表情一つ見せないのは大したものである。

「今日は、揚げ物ばかりでしたね」

松次郎の代わりに、弥助が言った。

「けど、お客さんは喜んでくれた。大成功だったな」

「それに、あの中山安兵衛さま。たいそうな食べっぷりでしたね」

「ああ。また来てくれるって言ってくださった。松つぁんの腕のお蔭だよ」

今や、江戸中の評判を一身に集めている中山安兵衛が、店を気に入ってくれたことは、かささぎの評判を高めてくれるかもしれない。

そんな話をしながら、喜八と弥助が店の片付けをしている間に、松次郎が二人の夕餉を用意してくれる。その途中、戸が叩かれたので、

「百助さんかな」

と、喜八は呟いた。ところが、百助ならば戸を叩いた後、すぐに開けて入ってくるのに、今日はそれがない。

「失礼、かささぎさん」

聞き慣れぬ声も聞こえてきたので、弥助が戸を開けに行った。そこに立っていたのは、五十がらみの実直そうな男である。

「おたくは……」

「巴屋の番頭で、円之助と申します」

挨拶以上の言葉を交わしたことはなかったが、喜八も弥助も顔は知っていた。

「どんな御用でしょう」

弥助が問うた。

「実は、うちの主人が若旦那と弥助さんにお会いしたいと申しておりまして」

「今からですか」

「はあ。こちらの商いが終わるのを待たせていただいておりました」

恐縮した様子で言われると、店じまいの後で疲れているから、と断ることもできなかった。巴屋の主人は店の方で待っているというので、

「なら、今から行きましょう。遅くならない方がいいでしょうから」

喜八はすぐにそう答えると、松次郎に売り上げをおもんのもとへ届けてほしいと頼み、弥助と共に巴屋へ向かった。先ほどならず者たちが陣取っていた店前は、今や赤々と吊り灯籠(どうろう)に火が入れられ、明るく輝いている。夜ももうしばらく商いを続けるらしく、金持ちそうな客が出入りしていた。

喜八と弥助は円之助に案内されて、店へ上がり、そのまま八畳ほどの座敷へと案内された。

「しばらくお待ちください。すぐに主人を呼んでまいります」

円之助は下がっていき、待つほどもなく、小太りで中背の四十路(よそじ)ほどの男が現れた。付

き合いはなかったが、近所のことなので、巴屋の主人の顔は知っている。

「ご足労いただきかたじけない。巴屋の仁右衛門といいます」

巴屋の方から挨拶し、喜八と弥助も名乗った。

「ご存じでしょうが、今日、うちはひどい目に遭わされましてね」

仁右衛門は苦虫を嚙み潰した顔で言った。

「柄のよくない男たちが店前でお客さんの出入りを邪魔していたことなら、知っています」

喜八の言葉に、仁右衛門は大きくうなずいた。

「おたくたちがその連中に物言いをつけてくれたことは聞きましたよ」

「いや、俺は知り合いの娘さんを庇っただけで、あの連中を追い払ったのは中山安兵衛さまです」

「ええ。それも聞きました。中山さまはその後、うちへ寄ってくださいましたのでね。何でも、連中は中山さまが勝負を申し出られると、恐れをなして去っていったそうですな」

「その通りです」

「ですからね。私は中山さまにうちの店の用心棒になってくださいと頭を下げたんですよ」

「え、中山さまに――」

それはあまりにも無謀な話ではないのか。決闘で十八人斬りを成し遂げ、今や江戸の町の人気者に一軒の茶屋の用心棒とは、役不足もいいところだ。

「中山さまは何と」

弥助が先を促すと、仁右衛門は苦い表情のまま口を開いた。

「断られました。金も言い値で払うと言ったんですがね。どこぞの藩から剣術の師範役として召し抱えたいというお話がきているとかで……」

「それは仕方ないですね。武家の方にとっては名誉あるお役目がいちばんですから」

「しかし、こっちは言い値で、と言ったんですよ。まったく」

仁右衛門は口惜しさを隠さずに吐き捨てた。

「新たに召し抱えられるとなれば、いいことばかりじゃない。まして、中山さまのように人気者になったお人はやっかまれるだけです。お侍の家禄だって、よほどのお役に就かなけりゃ、大した稼ぎにはならないっていうのに」

仁右衛門は、安兵衛をとんだ愚か者だとでも言いたげである。

喜八とて安兵衛をよく知るわけではないが、先ほど言葉を交わした限りでは、好感の持てる人物と思っただけに、その悪口を聞かされるのはいい気分がしなかった。さっさと帰りたくなって、

「それで、俺たち二人をこちらへ呼んだのは、どういうわけですか」

と、喜八は先を促した。ならず者に商いの邪魔をされたのは気の毒だと思うが、その愚痴を聞かされるだけなら、ここにいる理由もない。

「ええ。中山さまに断られた以上、別の者を用心棒に雇わねばならなくなりましてね」

　もちろん、そうしたいならそうすればいい。だが、そのことと自分たちにどんな関わりがあるというのだろう。

「それでしたら、口入屋にご相談なさるのがよいと思いますよ」

　喜八の代わりに、弥助が言った。

「口入屋には前から話をしていますが、今に至るまでいい話を持ってきませんよ。それはまあいいとして、おたくら二人のことをちょいとある筋から耳にしましてね」

　そう言って、仁右衛門はじっと喜八と弥助を見据えた。何やらこれまでと様子が違う。顔かたちは変わっていないのに、まるで別人が現れたように喜八には思えた。笑顔ではあるのだが、瞬き一つしない両眼は、まるで獲物を見つけた蛇のように執念深く見える。

「ある筋とは……？」

　喜八が問うと、

「それはいいじゃないですか」

　仁右衛門はにっと歯を見せる。

「とにかく、おたくらの身元は大体分かっているということです。ただ、その時はどうということもなく聞き流していたんですよ。私には関わりないことだしね。けど、今日のことがあって思い直しました。うちには用心棒が入用で、おたくらはそれに適している」

「適しているって、俺はただ、うちのお客さんを庇おうとしただけで……」

「いや、ごまかさなくていいですよ。おたくらのことは知っていると言ったでしょ。ああいうならず者に立ち向かえる者はそう多くない。考えなしの馬鹿者か、本当に度胸と力のある者か。そうそう、連中に歯向かった女子がいたそうですな。あれは馬鹿者の方で、中山さまやおたくらがそうでない方ですな」

　仁右衛門は再びにやっと笑う。おあさを馬鹿者呼ばわりされて、喜八はすっかり不快になった。いや、それはともかく、仁右衛門の言わんとすることは、とんでもない要求のようである。

「巴屋さんのお言葉は、俺たちをおたくの用心棒にしたいとおっしゃっているふうに聞こえますが」

　弥助が淡々とした物言いの中に、不機嫌さを滲ませて言った。

「そうですよ」

　と、ごく当然のように、仁右衛門は一つうなずく。

「しかし、まさか若旦那を引き抜くことはできますまい。山村座の役者さんはうちのお客さまでもありますしね。藤堂鈴之助ご夫妻を怒らせるわけにもいきません。だから、弥助さん、おたくにうちへ来てほしい。一日一貫文払いましょう」

「待ってくれ。弥助を余所(よそ)へ行かせるわけにゃいきませんよ」

喜八は弥助より先に語気強く言った。

「おやおや、私が引き抜こうとしているのは、弥助さんなんですよ」

仁右衛門は喜八から弥助へ目を向けた。自信たっぷりの表情である。

「俺は若旦那に従うだけです」

弥助はそっけなく答えた。

「なるほど、なるほど。元町奴の掟(おきて)は今も絶対というわけですか」

仁右衛門はわざとらしく何度もうなずいてみせた。

喜八と弥助の素性はすべて調べ上げたのは本当のようだ。もちろん事情を知る者に訊けばすぐに分かることではある。だが、初めにこの仁右衛門に話を持ち込んだのはいったい誰なのだろう。ある筋から聞いたと言っていたが、まさか鬼勘ということもあるまい。

一方、仁右衛門はうなずきながら、何か考えていたが、首の動きをはたと止めると、突然早口でしゃべり出した。

「なら、一日二貫文にしましょう。それに、かささぎの若旦那も弥助さんがいなくなれば、人手が足りなくなって大変でしょうから、うちの奉公人を使ってください。一人とは言いません。好きなだけ連れていってくれていいし、もちろん給金はうちで持つ。何なら、かささぎでうちの暖簾を掲げるのを許して差し上げましょう」

仁右衛門は突飛としかいいようのないことを言い出した。驚いた喜八が思わず弥助の方を見ると、あきれた眼差しとぶつかった。「この主人はまともに話のできる相手ではない」と、その目が言っている。

ところが、二人の困惑を余所に、仁右衛門はいきなり喜色を浮かべた。蛇のような悪辣さは残したままなので、何だか薄気味悪い。

「いやはや、我ながらいい思い付きだ。そちらがうちの暖簾を掲げてくれれば、弥助さんがうちの用心棒になったって余所へ行ったことにはなりません。これなら若旦那もご納得いただけますな」

「お断りします」

間髪を容れずに、喜八は言った。

「弥助をおたくの用心棒にって話も呑めないし、暖簾を変えるのもあり得ません」

喜八は言い終えるや、「行くぞ、弥助」と立ち上がった。弥助は無言で喜八に続く。

「何です。この上ない条件でしょうに」

「話にもなりませんよ」

と、喜八は言い捨てた。すると、

「おたくら」

仁右衛門は怒りのこもった声を出し、喜八たちを睨み上げてきた。それまで何とか取り繕っていたらしい言葉遣いも今では変わっている。

「下手(したて)に出てりゃいい気になって。どれだけ譲歩してやったと思ってやがる」

物騒で柄の悪い物言いが妙に板についていた。

「おや、巴屋さん。どこでそんな物言いを？　俺たちよりよほど町奴みたいですよ」

喜八が言うと、仁右衛門の顔に青筋が立った。その口がわずかに動きかけたが、途中で止まったのは、発しようとしたのがよほど質(たち)の悪い言葉だったからか。

「それでは、失礼します」

喜八は悠々と部屋を後にした。

「覚えていやがれ」

素性のよくない者の使う言葉が聞こえよがしに飛んできたが、喜八と弥助はかまうことなく巴屋を立ち去った。

「弥助」

店を出てから少し進んだところで、喜八は声をかけた。

「百助さんに頼んで、巴屋の主人の素性を調べてもらえるか」

「はい。ある筋というのも引っかかりますしね」

弥助からはすぐに頼もしい返事がある。

「ああ。今の主人の話だけじゃなく、昼間の連中のことも気にかかる」

喜八はいつになく低い声で呟いた。

「俺も同じように思います」

弥助も厳しい表情になって同意した。

五

翌日、かささぎはいつも通りに店を開けたが、ならず者連中からといい、巴屋の主人からといい、どうも理に合わない怒りや恨みを持たれている。喜八と弥助は、客の顔ぶれや外の様子にいつも以上に気を配りながら仕事をした。

幸いこれという妨げが入ることはなく、無事に昼過ぎを迎えた。昼餉目当ての客が去れば、休憩を取ることができる。

ふだんと違うことが起きたのは、この休憩中のことであった。暖簾を外しているというのに、戸がどんどんと叩かれたのだ。

「今は休憩中なんですが……」

と、弥助が戸を開けると、立っていたのは中山勘解由(かげゆ)である。

「これは、中山さま。今申し上げた通り……」

と、弥助が言いかけた言葉を鬼勘は遮り、「今日は飲み食いのために参ったのではない」と告げた。

「若旦那とおぬしに訊きたいことがある。休憩中ならばちょうどよいだろう。しばし話をさせてもらいたい」

「分かりました」

と、弥助が応じた時にはもう、喜八も気配に気づいて奥から出てきたところであった。この日は鬼勘に従う配下の二人も中へ入り、空いている客席に座って、話が始まった。

「今日、ここへ参ったのは他でもない。昨日の巴屋での一件を耳に挟んだからだ」

鬼勘はそう切り出した。

「あのならず者たちの一件で、わざわざ中山さまが出向いてこられたのですか」

喜八は目を瞠る。確かに少々の騒ぎにはなったが、怪我人が出たというわけでもない。たまたま鬼勘の耳に入ったということはあるにせよ、配下の者を遣わせば済む話だ。

「事件が起こらぬように努めるのも、我らの役目だ」

鬼勘はしかつめらしい顔つきで言った。

「なるほど、さすがは中山さま」

喜八の称賛に表情一つ変えず、鬼勘は話を進めた。

「私がこの件に出張ってきたのは、中山安兵衛と申す浪人が関わっていると聞いたからでもある。おぬしら、そのことは覚えがあろうな」

「はい。巴屋の前ではあの方に助けられました。その後、中山安兵衛さまはうちの店にも来てくださいましたので、そこで改めてご挨拶もしております」

喜八の話に、鬼勘は「何と」と呟き、にわかに前のめりになった。

「それはぜひともくわしく聞かせてもらおう。だが、その前に巴屋での一件だ。すでにあちらの番頭や奉公人たちからも話は聞いたが、おぬしらが見聞きしたことをできるだけ細かに話せ」

鬼勘の言葉に従い、棒手振りの甚兵衛の知らせで巴屋へ向かった時からのことを語った。すでに知っている話ばかりだったようで、鬼勘は腕組みをしながら、時折うなずいている。

「そのならず者の前に飛び出したという女子のことだが……」

鬼勘が訊き返したのは、おあさに関する話であった。

「おぬしの店の客だと言ったな。どういう娘だ」

「中山さまもご存じだと思いますが、前にうちの店をお調べに来られた時、うっかり手を滑らせて、俺に巾着をぶつけてきた娘ですよ」

「ああ、覚えておる。うっかり手が滑ったと見せかけて、私の探索の邪魔をした娘だな」

鬼勘はおあさの顔を思い浮かべたようで、苦い表情になる。

「よほど巾着を人にぶつけるのが好きな娘と見える」

「いや、俺の時は手を滑らせただけで、昨日はわざとぶつけたんですよ」

喜八は言い直した。

「いずれにしても、あの娘の素性について知っていることを洗いざらい申してみよ」

こう言われては話さぬわけにいかない。

「堺町のおあささんといいます。父親は狂言作者の東儀左衛門先生で、東先生もうちに来てくださいますよ」

「ほう。あれは東儀左衛門の娘か。よく覚えておこう」

それから、ならず者たちが去った後の話を促されたので、喜八はおあさのお付きの女中おくめが中山安兵衛を店へ連れてきた話をした。

「おあささんは親父さんのために、世間の面白い話を集めているそうです。中山安兵衛さまの決闘は親父さんがこれから書こうとしている話らしく、この機を逃さず話を聞こうと考えたみたいです。俺と弥助は聞いていないんで、その話はできないですけど……」

「高田馬場の話はいい。そちらは別口からくわしく聞けるからな。それよりも、その時、中山安兵衛は他に何か話していなかったか。小耳に挟んだくらいの話でもいい」

「安兵衛さまが巴屋へ行った理由くらいは聞きましたけど……」

「安兵衛が巴屋で待ち人に会えなかったという話は聞いた。ならず者に邪魔されて逃げ帰ったかもしれぬそうだが、そちらの素性は分からぬらしい。おぬしは聞いたのか」

鬼勘は俄然この話に興味を惹かれた様子である。

「縁談のお相手と会う手はずだったとおっしゃっていました。名前や素性はお聞きしていませんでした。何でも相手が養子を望んでいるため、それを受けることはできないというお話でしたが……」

鬼勘はあからさまに疑わしげな表情になる。

「断るつもりの縁談相手に、わざわざ会おうとするとは妙な話だな」

「仲人さんから、とにかく会ってくれと拝み倒されたと聞きましたけど」

それ以上のことは知らないと言うと、鬼勘は取りあえず納得した。ただ、安兵衛の見合いの件は重要な話と考えたようで、目つきが鋭くなっている。

「ところで、中山さま」

話が一段落したところで、それまで黙っていた弥助が口を開いた。

「今お話ししたように、うちの店は昨日のならず者連中から目をつけられたかもしれません。そっちの方面のことで、何か有益なお話があれば、俺たちにも聞かせてもらえませんか」

「おぬしは相変わらずしっかりしておるな」

鬼勘は嫌味をこめて言い返した。

「それは、おありがとうございます」

弥助は弥助で、平然と返す。

「ならず者連中についちゃ、今日にでも嫌がらせに来られないか、俺たちも気を揉んでいるんです。少しは教えてくれたって罰は当たらないでしょ」

喜八が続けて言うと、鬼勘はしぶしぶながら口を開いた。

「ならず者の素性についてはまだ分からぬ。ただし、巴屋の馴染みではないそうだ。となれば、あの連中は雇われ者の見込みが高い。雇ったのは、巴屋か中山安兵衛、もしくはその縁談相手のいずれかに恨みのある相手とも考えられる。これから、その手の仲介をしている口入屋を当たってみるところだ」

それ以上は分からぬと鬼勘は言った。

「雇われた連中なら、うちにまでは嫌がらせに来ないか」

喜八が独り言を呟くと、「それは分かりません」と弥助がすかさず言った。

「仕事でなくても、憂さ晴らしが好きそうな連中でしたからね。しばらくは用心が要ると思います」

二人の真剣な口ぶりに、鬼勘も考え込む表情になり、

「ふうむ。万一、その連中が来たら、すぐに知らせてくれ」

と、言い出した。

「知らせるといっても、中山さまのお屋敷まで知らせるのはなかなか……」

鬼勘の屋敷には行ったことがあるが、大川を越えた向こうにあり、徒歩で往復すれば一刻（約二時間）ほどはかかってしまう。

「ならば、南町奉行所に申し出るがいい。私への言づてと申せば、話が通るようにしておこう」

さらに、鬼勘は木挽町に配下の者なり岡っ引きなりを配し、目を光らせるようにすると も言ってくれた。

「ところで、高田馬場の決闘について、おぬしらはくわしいことを知っているのか」

ふと思い出した様子で、鬼勘は尋ねた。お調べというより、世間話という体である。

「茶屋での噂話にもなっていたから、少しは聞きましたが、西条藩のお侍同士のいざこざから決闘をすることになったと聞きました。安兵衛さまはその一方の助太刀だったとか」

喜八はその程度のことしか知らず、弥助も同様だった。東儀左衛門の台帳は読まされているが、あれは作られた筋書きだから、そのまま信じるわけにはいかない。

「読売も出たというのに読んでおらぬのか」

二人の返答を聞き、鬼勘はあきれたように言った。

「生憎、読売が売られている頃は、店の仕事がありますのでね」

「まあ、せっかくだ。話を聞かせてやろう」

鬼勘はもったいぶった様子で言い、高田馬場の決闘について語り出した。

「元は、西条藩士の菅野六郎左衛門と村上庄左衛門の諍いから始まったものだ。結局、話し合いでは解決せず、決闘をすることになったわけだが、菅野は草履取りと若党より他、ろくな仲間を集められなかった。一方の村上は三人兄弟でな、その他、家来も含めて相当な人数をそろえられたのだ。菅野は焦った。そこで、自身が通っていた堀内道場の仲間である浪人の中山安兵衛に声をかけたのよ。剣客として頭角を現していた安兵衛は、菅野の助太刀を引き受けた。そして、四人で高田馬場へ駆けつけ、安兵衛が村上の助っ人どもをばたばたと斬り伏せた後、菅野とやり合っていた村上庄左衛門をも斬り倒したという」

「それで、本当に安兵衛さまは一人で十八人の敵を斬ったのですか」

喜八が訊くと、鬼勘は苦笑を浮かべた。

「いや、それは読売に書かれた話だ。町中ではこれが信じられておるが、実のところ、村上側の人数は合わせて十人にも満たなかったそうな。安兵衛が村上兄弟を倒したのは事実らしいが、十八人は大袈裟であろう」

「そうでしたか」

「しかし、これほどの評判になれば、安兵衛には仕官の話も来るであろう。先の縁談の件などもその流れなのではないか」

そう言われれば、相手方は安兵衛を養子に迎えたがっていたというから、鬼勘の言う通りかもしれない。

「ところで、この話とは別に、安兵衛は近頃、何者かに襲われたとか、あとをつけられているとか、その類のことは話していなかったか」

　鬼勘から新たな問いを向けられ、喜八と弥助は顔を見合わせた。安兵衛とおあさの話をずっと聞いていたわけではないので分からないが、少なくとも耳にした限りではなかった。

二人してそう答えた後、

「おあささんは聞いているかもしれません。確かめておきましょうか」

　喜八が問うと、鬼勘はそうしてくれと答えた。もしおあさがそれ以外にも何か聞いていたら、それも南町奉行所に言づてとして託しておいてくれと言う。

「中山安兵衛がまたここに来ることがあれば、探りを入れてみてくれてもいい。何か分かったら同じやり方で知らせてくれ」

　鬼勘の言葉に、喜八はそのままうなずきかけたのだが、一瞬早く弥助が口を開いた。

「もちろん、中山さまにお力添えはします。けれど、そのためには事情を少しは明かしてくださらないと」

「立場上明かせぬこともある。されど、言えるだけは言おう。おぬしは私が何を隠していると思い、何を聞きたいのだ」

「安兵衛さまが何者かに襲われたのではないかと、中山さまがお思いになった理由です。何か根拠があって、そうお考えになられたのですよね」

鬼勘は弥助にしかと目を据えて言った。しばらく無言の対峙が続いたが、やがて、

「安兵衛を討つという予告の書状が南町奉行所に届いた」

と、鬼勘は静かに告げた。

相手の正体は分からないが、真っ当に考えれば、高田馬場で殺された村上兄弟と関わりのある者。真っ当でない相手とすれば、この決闘で急に有名になった中山安兵衛に対し、何らかの害意を抱いた赤の他人。鬼勘は続けてそう憶測を語る。

「赤の他人が害意を抱きますかね」

喜八は首をかしげた。

「おぬしがそう思うのは、少なくとも頭の中身は真っ当だからだ。世の中には真っ当でない者もいる。ただ有名になったというだけで気に食わないと思う者、急に有名になった相手を傷つけて優位に立とうとする者、まあ、実にさまざまな悪党がいるものよ。中山安兵衛はちと有名になりすぎた。そこそこ評判になるくらいならよかったが、読売で大きく取り上げられたのがまずかったのだな」

「ですが、安兵衛さまはお強いですし、そういう輩に挑まれたところで大事ないのではありませんか」

「真っ当でない者が真っ当な勝負を挑むと思うか」

と、鬼勘は眉間にしわを寄せた。どんなに強い者であっても、闇討ちにされればどうなるか、と言われれば、安兵衛の身が案じられる。

「そのこと、安兵衛さまにはお伝えするのですか」

「まあ、予告の書状が届いたことは知らせぬわけにもいかぬ。十分に用心するよう促しておこう」

鬼勘はこれから安兵衛のところへ向かうのだと告げた。

「村上兄弟の縁者にも今後当たっていく。今のところ最も怪しいのはその連中だからな」

決闘の後の仇討ちは認められないだろうから、汚いやり方で倒そうと思うことはあり得ると、鬼勘は言った。

「では、おぬしらもならず者どもには気をつけるがいい。無論、知らせを受ければ救いの手は差し伸べよう」

最後にそう言って、鬼勘は立ち上がった。終始黙っていた配下の者たちがあとに続き、三人は店を出ていく。

その頃にはもう、休憩の時も終わりかけていた。気がつくと、調理場からは松次郎が黙々と仕込みをする物音が聞こえてきていた。

六

巴屋の店前での事件があった翌日、鬼勘が配下を引き連れて木挽町にやって来たこともあってか、その後、ならず者たちが町に姿を見せることはなかった。

また、巴屋から何らかの嫌がらせを受けることもなく、茶屋かささぎはその後しばらく、ふだん通りの日々を送っている。相変わらず、東儀左衛門は一日おきにかささぎに通い、夕餉と酒を注文しては、店じまいの後、台帳書きが始まるのだった。決闘前の友情やら色恋沙汰やらさまざまな場面が試みに描かれ、その度に喜八と弥助は種々の役をやらされた。

そして、日が経つにつれ、話は少しずつでも進んでいき、もう間もなく決闘の場面がやってくる。

「あんたら、今のままやと、まともな決闘ができひんやろ。何とかしい」

と、儀左衛門は相変わらず無理を言う。

「本当に俺たちが演じるわけじゃあるまいし、真似事だけで我慢してくださいよ」

と、喜八は受け流していたのだが、三月も十日を迎えた夕方、事情は変わった。

この日、また来ると約束してくれた中山安兵衛が再びかささぎに足を運んでくれたのである。前回、おあさから話を聞き、偶数日の夕方にかささぎへ来れば、儀左衛門に会えると踏んでのことらしい。

「東儀左衛門先生にはご挨拶しなければと思いまして」

というのも、先日の安兵衛の飲食代はすべて父に持たせると、おあさが言っていたためである。おあさは付けにして帰っていき、その後、儀左衛門が代金を支払っていた。

「それゆえ、今日のかかりはすべてそれがしに持たせていただきたい」

安兵衛は儀左衛門に言うと、儀左衛門も承知し、二人は一緒の席で酒を酌み交わし始めた。六之助も同席しているが、ふつうの酒は苦手としており、甘酒を注文している。雛あられは三月三日に限った献立だと知って、残念がっていた。

一方、安兵衛と儀左衛門はどちらも酒に強い。

「いや、ここの店の山菜の衣揚げは実に酒によく合う」

と、安兵衛は前回の衣揚げがよほど気に入ったらしく、他のものは注文せず、衣揚げだけを食べ続け、豪快に酒を飲んでいた。儀左衛門は今、喜八と弥助に手伝わせながら書いている台帳が、高田馬場の決闘をもとにしたものだと話し、よければ感想を聞かせてほしいと安兵衛に言い出した。安兵衛も儀左衛門とは酒飲み同士、意気投合したものか、

「先生がそうおっしゃるのなら、見せてもらおうか」

などと乗り気である。

「明らかに安兵衛さまと分かる人物が登場して、それを俺や弥助が演じるんですよ。見て

いて嫌じゃないんですか」

喜八が訊いてみると、

「あくまで芝居は芝居であろう。それがしをそのまま登場させるわけではないと聞いたぞ」

と、安兵衛はあまり気にしていないらしい。

結局、安兵衛は儀左衛門と一緒に、暖簾を下げた後も飲み食いを続け、台帳書きの手伝いを見ていくことになった。

だが、他の客がいない席で、安兵衛に探りを入れるにはちょうどいい。喜八は台帳書きの始まる前の暇を見つけて、安兵衛に話しかけた。

「ところで、安兵衛さまは旗本の中山勘解由さまをご存じですよね」

「うむ。先だって、それがしの道場までわざわざお越しになってくだされた」

鬼勘の名を聞くや、安兵衛は箸を置き、真面目な表情になった。

「実は、勘解由さまは時折、うちへも来てくださるんです。うちの料理人の作る味を気に入ってくださっていて」

「そうであったか。しかし、それは話が合いそうだ」

と、安兵衛はさわやかな笑みを浮かべて言う。

「安兵衛さまのもとへ行かれる前も、勘解由さまはうちへ立ち寄られたんです。その時、安兵衛さまに関わる書状が奉行所に届いたという話も聞きました。勘解由さまもご心配のようでしたが……」

「うむ。それがしを討つという書状の件は聞いた。勘解由殿からはくれぐれも気をつけよと忠告されたが、まあ、その手の輩がまことに事を運ぶことなどめったにない。多くはただの悪戯にすぎぬ」

　安兵衛はあまり深刻に受け止めているふうではなかった。

「しかし、本当に襲い掛かってくる場合もあるでしょうに」

「だとしても、それがしを超える剣の腕となれば、そうはおらぬ。そして、そのような者が闇討ちなどに手を染めるはずがない」

「ですが、先だっての決闘で戦われた村上兄弟の縁者であればどうですか。そりゃあ、安兵衛さまよりは弱いかもしれませんが、数人でかかってきたり、不意を突かれたりしたら……」

「それがしでもやられるということか」

　安兵衛は落ち着いた声で訊き返した。あからさまに気を悪くしたというふうには見えないが、やや心外そうな色を目に浮かべている。

「いや、その、十八人斬りの話を聞けば、安兵衛さまが神がかりのような強さであることは分かるんですけど……」

喜八が言うと、安兵衛は「いや、あれは違う」と壮快に笑い出した。

「それがしが倒したのは三人。村上兄弟のうち二人と助太刀の一人だけだ。他に怪我を負った者はいたが、歯向かう気を失くした者は斬っていない。決闘の後のことは知らぬが、すぐに医者に診せれば命は長らえたことであろう」

「だったら、その中の誰かが安兵衛さまを狙ってくることは十分に考えられるでしょう」

「あの場にいた者の力量はすべて見切っている。あの程度であれば、それがしはやられはせぬ」

安兵衛は自信満々であり、自分が倒せぬ相手はいない、仮に闇討ちにされても自分は大丈夫だと信じ切っているようであった。

この自信が鬼勘の前でだけ鳴りを潜めることはなさそうだから、鬼勘もさぞかし説得に苦労したのだろう。いや、この様子では鬼勘の説得も失敗したと見るべきか。

「中山安兵衛さまは堀内道場の四天王と呼ばれるお一人やそうな。お大名から剣術指南の依頼がきて、各藩の江戸屋敷へ出向くこともあるのやて」

儀左衛門が横から口を挟んでくる。そんな相手に対し、闇討ちにご注意を——などと言うのは、釈迦に説法というものだ。

「それより、あては今、安兵衛さまから堀内道場の話を聞いて、ええことを思いついたのや。若旦那に弥助はん、あんたら二人、堀内道場へちょいとお邪魔して、剣の型だけでも学ばせてもろたらどないやろ」

儀左衛門の言葉に、安兵衛が興味を抱いた。

「剣の型だけでも、というのはどういうことであろう」

「この『高木馬場血風譚』では剣戟の場面が一つの売りになるのは間違いないのやけど、この二人、剣術をやったことがない言うんですわ」

「ふつうの町人は剣など持ったことのない者が大半ですよ」

そばに来ていた弥助が言っても、儀左衛門はまったく取り合わない。それどころか、安兵衛に向かって、

「安兵衛さまを見込んでお頼み申します。この二人を少しばかり鍛えてやってもらうというわけにはいかへんやろか。実際に稽古をつけてもらうのは無理でも、せめて道場の見学だけでもさせてもらうというのは……」

と、言い出した。

「ああ、見学だけなら、よほど大事な門弟の集まりでもない限り、堀内道場ではいつでも許しているはずだ」

安兵衛の返事はあっさりしたものであった。

「町人でも受け容れてもらえるものなのですか」

弥助が尋ねると、問題ないという。

「門人の中には町人もいる。無論、門弟になりたいというのであれば、そう容易くはいくまいが、型を学びたいだけならば、見物に来ればよい。師範代以上の者の剣術を見ることは叶うまいが」

「そないなことはかましまへん。山中高兵衛を演じるに当たり、いかにも取ってつけたような刀の振り方にならへんかったらええのや」

儀左衛門はさかんに勧めてきて、安兵衛も受け容れるような口ぶりだが、「いやいや、東先生」と喜八は抵抗した。

「俺たちには店がありますし、夜はこうして先生のお手伝いがあるんですよ。いったい、いつ見学に行けると言うんですか」

夜は一日おきに空いているが、もちろんそんな時刻に道場の見学ができるはずもない。

儀左衛門は「うーむ」と考え込み始めた。そこへ「ところで」と安兵衛が少し遠慮がちに口を開く。

「その、山中高兵衛とはそれがしのことなのだろうか。それに、高木馬場というのはどうも……」

納得しかねるというふうに、安兵衛は首をひねっている。

「ああ、芝居で実名を使うわけにはいかへんさかい、名前を変えたり、時には何百年も昔の話にしたりして、元になった事件を少しばかりぼやかすんどす」

儀左衛門は得々と答えるが、安兵衛の表情は浮かないままだ。

「しかし、山中高兵衛に高木馬場では、ぼやけてないと思うのだが」

「安兵衛さまがそないおっしゃるなら、もう少し遠い名前にしてもええけど……。観る人に元の事件がすぐ分かる方がええと思いますけどなあ」

新たな問題を投げかけられ、儀左衛門の思案は続く。

そうこうするうち、準備も調い、いつものせりふ回しと立ち回りが始まった。

「ほな、今日は山中高兵衛が菅田……一郎兵衛でええか、その菅田から助太刀を頼まれるところや。ここでは、自分が死んだら許婚を頼むと菅田から言われ、その相手が山中のひそかに想いを寄せるおせんであったと知って悩むという筋書きになる。ほな、山中を若旦那、菅田の役を弥助はんで頼みますわ。菅田は初めての登場やけど、せやな、まずは融通の利かへん頑固者という体でいきまひょか」

次々に儀左衛門が指示を出すのはいつものことだ。喜八と弥助はもう慣れてきていたが、初めて見る安兵衛は目を瞠っている。

「それじゃ、今回は弥助さんから。このせりふをお願いします」

と、六之助が帳面を開いて弥助の前に持っていく。

『これはこれは山中殿。今日は折り入っての願いの儀あり、この菅田一郎兵衛……』

弥助がせりふを言い始めると、すぐに儀左衛門から中断の合図がかかる。

「弥助はん、ここは腰の剣の柄に手を当てる格好や。それっぽく手の格好だけ拵えとくれやす。せやせや、それでええ」

と、儀左衛門の指示が飛び、さて再開しようという時になると、今度はなぜか安兵衛が立ち上がった。

「いや、それは少し手の向きが違うな。刀をお貸しするわけにはいかぬが、それがしの持ち方を見て、真似なさるとよい」

ご丁寧にも安兵衛が自らの刀を佩き、柄に手を当てた格好をしてみせてくれる。弥助はそれを見ながら、少し手の位置を修正し、安兵衛と儀左衛門の許しを得て、ようやく再開となった。

こうして芝居の稽古に興味を持ったらしい安兵衛は、帰りがけ「いつ堀内道場に来てくれてもよいぞ」と言い残していった。店を営む二人が行けると決まったわけでもないのに、儀左衛門は「よろしゅうお頼みしますわ」と返事をしている。

喜八と弥助は顔を見合わせ、無言でやれやれと溜息を漏らした。

第三幕　堀内道場

一

　三月も半ばになり、山村座では新しく始まった「船弁慶」の演目が好評らしい。藤堂鈴之助は前の巴御前に引き続き、今度も主役の静御前役を務めており、忙しいと聞いている。

　喜八たちの茶屋かささぎでは、巴御前の演目が終わった後は「三つ巴」として出すのはやめ、一皿ずつの品書きとして供することにしていた。とはいえ、柔らかな蓬が手に入りにくくなれば、蓬の胡麻和えは出せなくなる。

　季節の変化と共に、また新しい料理を出せないものかと、喜八と弥助、松次郎は日々考えをめぐらしていた。そうした余裕が持てるのは、取りあえず心配していた嫌がらせもなく、毎日をつつがなく過ごせているからだ。

「喜八さん、ごきげんよう」

かささぎの常連客、京橋の梢とおしんがやって来たのは十五日のことであった。

いつも二人でお芝居を観に行く時は、必ずかささぎに寄ってくれる。もっとも、芝居とは関わりなく、かささぎへ寄るためだけに木挽町へ来ることもあった。

この日、梢の小袖は薄紫の地に桜を散らせた上品なもので、一方のおしんはさわやかな緑地に白牡丹をあしらった小袖である。

「ああ、梢さんにおしんさん。いつもおしゃれだね」

喜八はにこやかに挨拶した。二人とも前の時と同じ着物を着ていたことはない。そして、帯はいつも華やかな揺れ方が愛らしい水木結びであった。

「え、喜八さんがそんなこと言ってくれるなんて嬉しい」

梢はほのかに赤く染まった頰を両手で押さえている。一方のおしんも恥ずかしそうにしながら、

「喜八さん、あたしたちの着物なんて見てくれていたの?」

と、甘えた声で問う。

「そりゃあ見てるよ。てんやわんやな時はなかなか声もかけられないけどさ。節句の日は二人とも桃の花を身に着けてたよね。梢さんは着物、おしんさんは帯だったかな」

「え、そんなところまで」

梢は目を潤ませていた。

「あの日は忙しくて本当に悪かったね。今日は何を注文する」

「えっと、お勧めは何かしら」

「春の茶碗蒸しってのがあるんだ。旬の豆や筍を載せて餡をかけてあるんだけど、どうかな」

「いいわね。それを二人分お願いするわ」

喜八は注文を取って、調理場へと入っていく。暖簾の奥では弥助が待っていた。

「いやあ、思った以上の喜びようだな。お前のお蔭だよ」

喜八は客席の方に背を向け、弥助に小声で告げた。

「よかったです。あの二人、近頃、若とあまり話せなくて、気を揉んでいるふうでしたから」

弥助も小声で返す。次に梢とおしんが来たら、いつもより丁寧に話しかけること、その際はこれこれを話題にすること――そう助言してくれたのは弥助であった。そして、その通りにしたら、梢とおしんはこれまでの不服などなかったかのように、上機嫌になってしまった。

「あの二人にとっては、若とちょっとでも話せることがいちばんなんですから、なるたけ愛想よく願います」

弥助から生真面目な顔で言われ、「わ、分かった」と気圧されたように喜八は答えた。

その後、茶碗蒸しを持っていくと、二人は「わあ、きれい」と声を上げた。琥珀色の餡の中にたらの芽、筍、豆などが透けて見える。

「きれいな彩りね。本当に春を食べるみたい」

「こんなにきれいだと、食べるのがもったいないわ」

二人はそんなことを言い合いながら、匙を入れた。

「んー、筍の香りがして、とても美味しい」

「餡の甘みとたらの芽の苦みの按配も絶妙ね」

「気に入ってもらえてよかったよ」

最後には「またすぐに来るわね」という言葉を二人から引き出し、喜八は笑顔で娘たちを送り出した。

さて、この日。二人の娘たちが帰ってから休憩までの間にもう一人、喜八が気をつかわねばならない相手がやって来た。

中山勘解由――鬼勘である。

「今日は食事と話と両方の用向きだ」

喜八と目が合うなり、鬼勘は自分から告げた。

「それゆえ、おぬしらが休憩を取る少し前に参った。これでも気をつかっていると分かってもらえるかね」

「あなたの気遣いに対して礼を言え、とでも？」

　喜八の言葉に、鬼勘は憮然として「別にそうは申しておらぬ」と言う。しかし、すぐに気を取り直すと、

「では、今のお勧めを聞かせてもらおうか」

　空いていた「ろ」の席に腰かけながら訊いてきた。喜八は先ほど評判のよかった春の茶碗蒸しを勧めた。

「しっかり腹に溜まるものを召し上がりたいなら、これに筍飯や海苔巻きなどを組み合わせていただくのがよいと存じます」

「そうだな。ならば茶碗蒸しと筍飯を頼もう」

　その後、喜八が料理を運んでいくと、

「ほう。具入りの餡をかけてあるとは、見た目もなかなかよい」

　と、鬼勘はご満悦である。飯は筍と一緒に炊き上げたものに、山椒の実を散らしたものだが、

「山椒がぴりっと利いて、筍を引き立てている。これは茶屋でしか食べられぬ味わいだな」

　と、こちらも気に入ったようだ。

「それじゃ、ごゆっくり。体が空いたらお話をお聞きしますよ」

喜八はそう言い残して席を離れ、休憩になってから再び鬼勘のもとへ行った。弥助が新しい茶を置き、二人そろって鬼勘の前に腰を下ろす。

「話というのは他でもない。中山安兵衛のことだが、あれ以来、こちらに参ったか」

「先日、十日の夕刻にいらしてくださいました。前に、東儀左衛門先生の娘さんに、飲食のかかりを持ってもらったので、その日は東先生にご馳走したいと――」

「ほほう。なかなか礼儀を知る男だな。まあ、噂通りといったところか」

鬼勘は独り言を呟いた後、

「その際、奉行所に届いた例の脅しについて、何か申していなかったか」

と、喜八たちに問うた。

「そのことは俺の方から持ちかけてみましたけど、ご自分を超える腕の持ち主が闇討ちなどするはずがない、そうでない相手には負けるはずがない、と言わんばかりのおっしゃりようでした」

「案の定だな」

鬼勘は苦い表情で唸った。

「私の前でも、ただの脅しにすぎぬと頭から信じぬふうであった。村上兄弟の縁者のことをほのめかし、念のため警護を申し出てもみたのだが……」

「安兵衛さまがお断りになったのですか」

「まあ、そうだ。剣客たる者、それではあまりに腑甲斐ないと申していた」

　やはり、中山安兵衛は己の腕に相当の自信を持っているということだろう。

「それでは、中山さまとしては安兵衛さまを守る手立てを講じられないということですか」

　弥助が問うと、鬼勘は不本意そうにうなずいた。

「仕方あるまい。本人の望まぬことを、こちらが無理強いすることはできぬ」

「ならば、放っておけばよいのではありませんか」

　弥助は冷静に告げた。鬼勘はわずかに目を見開いて弥助を見返すと、

「おぬし、それはちと冷たい言い草なのではないか」

　と、言った。

「そうですか。安兵衛さまご自身が要らぬというのなら、もはや中山さまの出る幕ではないでしょう」

　にべもない弥助の物言いに、鬼勘は言葉を返さなかった。その代わり、喜八の方に目を向けると、「おぬしはどう思う」と尋ねてくる。

「俺は……弥助の言うことはもっともだと思いますけど、中山さまにとっての正しい答えではないような気がします」

喜八が考えをまとめながら答えると、「どういうことだ」と鬼勘は訊き返してきた。

「中山さまの座右の銘は大江戸泰平なんでしたよね。だったら、危ない目に遭いそうな人がいるんだから、何とかするのが筋なんじゃありませんか」

「ふむ。何とかする、か」

鬼勘は呟きながら腕組みをする。

「できるものならな。少なくとも、この江戸で人気を誇る剣豪が闇討ちにされるなど、あってはならぬ。とはいえ、安兵衛の剣豪としての矜持（きょうじ）も分からなくない。あれは浪人者ゆえ、さらなる手柄を立てた上で、よい仕官の道を見出したいと思っているのだろう。となれば、それを邪魔立てするのは気が進まぬ」

聞こえよがしの独り言に、弥助はあきれた顔をした。

「ならば、やはり放っておくしかないでしょう。安兵衛さまほどの剣豪なら、むざむざやられることもないですよ」

「されど、我らが手を拱（こまぬ）いていたせいで、安兵衛が怪我を負うというのも寝覚めが悪い。ああ、まことに困った」

今度はいささかわざとらしい態度で、鬼勘は頭を抱えてみせる。

「されど、町民の誰かが自ら安兵衛を守りたいと考え、その身を警護するなり、常に行動を共にするなりしてくれるなら、それを止めるつもりもない」

鬼勘はそう言うなり、抱えていた頭から手を離し、喜八と弥助の顔を見つめた。

「私の言うことが分かってもらえたな」

勝手にそう決めつけて、にやっと笑うと、「払いはここに置く」と言って、鬼勘は立ち上がった。

「待ってください。今の話って……」

「いやいや、安兵衛が危ない目に遭わねばよいのだが。何もできぬ我が身が歯がゆい」

鬼勘は高らかに言って、喜八の呼びかけには応じず、店を出ていった。

「あれって、俺たちに安兵衛さまを見守っておけと言ったんだよな」

鬼勘が姿を消してから、喜八は弥助に問うた。

「ま、言う通りにすることもないんですが、してやられた感じが残りますね」

弥助は相変わらずの冷静さで、「俺たちも昼餉にしましょう」と喜八を促した。

二

鬼勘が去った後、休憩を経て、かささぎは再び店を開けた。芝居帰りの客が立ち寄ってくれる中、おあさの姿があった。おくめを連れているのはいつものことだが、もう二人、別の連れがいる。

「お客さんは確か、巴屋さんで」

二十歳（はたち）くらいの娘の顔に、見覚えがあった。巴屋の前にならず者たちが陣取っていた三月三日、中へ入ろうとして入れず、逃げるように去ってしまった娘だ。付き添っているのもあの時、一緒にいた女中である。

「おあささんのお知り合いだったんですか」

四人を席へ案内しつつ尋ねると、

「いいえ、知り合いだったんじゃなくて、あれを機に知り合いになったの。今日はお芝居をご一緒したので、ぜひ喜八さんのお店へお連れしたいと思って」

と、おあさが答えた。

「わたくしは赤穂（あこう）藩士、堀部（ほりべ）金丸（かなまる）の娘で、きちと申します。この子はねねといいます」

席に着いてから、おきちが名乗り、付き添いのおねねも頭を下げた。おあさとおきちが向かい合って座り、それぞれの主人の隣に、付き添いの娘たちが座っている。

「俺はこの店の女将（おかみ）の甥（おい）で、喜八といいます。どうぞ、これからもご贔屓（ひいき）に」

喜八も名乗り、それからおあさとおくめは春の茶碗蒸しを、おきちは吸い物、おねねは海苔巻きを注文した。喜八は調理場へそれを伝えてから、弥助を呼び寄せ、おきちとおねねの素性を伝えた。

「はっきり聞いたわけじゃないんだが、あのお嬢さん、安兵衛さまの縁談のお相手なんじゃねえかな」

「お侍のお嬢さまですし、十分あり得るでしょうね」

弥助はおもむろにうなずいた。

「ご身分もご身分だし、お前も挨拶しといてくれよ」

喜八はそう言い、注文の品が調うと、客席へ運ぶのは弥助に任せた。その弥助は戻ってくると、

「おきちさまとおあささんが若に話をしたいそうです。お食事が終わった頃合いを見て、行ってあげてください」

と、喜八に告げた。おきちとおあさ二人の話とはどんなことなのだろうと考えながら、時を見計らって席へ行くと、四人ともすでに食事を終えていた。

「お吸い物、本当に美味(おい)しゅうございました」

おきちは柔らかな笑顔を向けて告げた。

「蕗(ふき)の薹(とう)の苦みが優しいお味の吸い出汁(だし)とよく合っていて。この子も海苔巻きをあっという間に平らげてしまいました」

「美味しかったです」

少しはにかみながら、おねねも言う。喜八は二人に微笑(ほほえ)み返した。

「よかったです。お武家の方のお口に合うかと心配でしたが」

「あら。こちらには、お旗本のお殿さままでおいでになるというお話では……」

おきちは首をかしげている。

「いや、まあ、ありがたいことに」

喜八はごまかし、「それより、俺に話があると聞いたけど」とおあさに目を向けた。

「ええ。実は、あたしの方でもおきちさまのことを捜してたんだけど、おきちさまの方でもあたしのことを捜してくださっていたんです」

と、おあさは語った。

おあさがならず者たちの前に飛び出したのは、おきちたちが走り去った直後だが、その騒ぎの声は耳にしていたようだ。その後、人を木挽町へ送って、おきちたちのために飛び出してくれた勇敢な娘とそれを庇おうとした若者の話を聞いた。それで、おきちは家の奉公人を使ってその素性を探らせていたらしい。

木挽町で話を聞けば、喜八の素性はすぐに分かったそうだ。また、おあさのことも何人かの人に聞いていくうち、素性が割れたそうで、おきちはおねねを連れて、堺町のおあさの家へ礼に訪れたという。

「そこで、今度お芝居をご一緒しましょうということになって。さっき『船弁慶』を観てきたんです」

そうして言葉を交わすうち、おきちがあの三月三日、巴屋へ入ろうとしていたのは縁談相手の中山安兵衛に会うためだったと、おあさは知った。

ただし、安兵衛は養子にはいかぬと返事をしていたため、親も含めての席ではなく、本人二人と仲人だけの席を設けていたそうだ。仲人は早くから巴屋に入っていたため、ならず者の妨害も受けず、また、安兵衛はならず者を追い払って店へ入ったため、おきちだけがその席に行けなかった。

「仲人さんを通して、お詫(わ)びはいたしました。安兵衛さまも事情は承知しており、お怒りではないそうなんですが、縁談はもう……」

小さな声で呟き、おきちはうな垂れてしまう。

「そうだったんですか」

安兵衛はもともと断った縁談だと割り切っていたし、おきちに会っても断るつもりのようであった。その機会が流れた以上、さすがにもう一度会おうとは思わないらしい。だが、おきちの方は今の様子からすると、安兵衛との縁談が調うことを望んでいたのだろうか。

「実は、おきちさまは安兵衛さまにお会いしたら、直(じか)に申し上げたいことがあったのですって」

おあさが話を続けた。それが、おきちが縁談を断られてもなお、「もう一度会う機会を」と望んだ理由だったのだという。

「わたくし、実はすでに安兵衛さまとお会いしたことがあったのです」

その時、おきちが顔を上げて告げた。

「え、それはどういう……」

「先月の十一日、つまり高田馬場で決闘があった日のことです。わたくし、お琴のお稽古があってあちらへ行き、馬場で決闘があるということをその日知りました。人があまりに騒いでいるので、わたくしもこのおねねと一緒に馬場の近くまで行ってみたのです」

その時、中山安兵衛の姿をおきちは見た。それだけではなく、襷掛けの紐を探していた安兵衛に、おきちは自らのしごきを紐の代わりに渡した。安兵衛からは礼を言われたが、大事な決闘の直前でもあり、あちらは自分の顔も覚えていないだろう。しかし、おきちは違った。覚悟を決めた男の凛々しい姿に、すっかり心を奪われてしまったのだ。

そういったことを、かなり柔らかな言葉で、おきちは語った。

「縁談はその話とはまったく関わりありません。わたくしはその時のことを父には話しておりませんので。ただ、父は剣豪を婿にと望み、高田馬場の決闘の話を聞いて、この話を進めたのでございます」

「まるで神さまの思し召しだと思いませんか」

おあさは喜八に向かって言った後、

「本当にお芝居の中のお話みたい」

と、うっとりした口ぶりで独りごちた。確かに、儀左衛門が聞いたら筋書きに使いたいがるのではないかと、喜八も思った。

「おきちさまが安兵衛さまにそのことをお伝えしたいと思うのは当たり前です。安兵衛さまだって、おきちさまのお顔を見れば、その時のことを思い出すでしょうし、運命をお感じになるはず。安兵衛さまが中山の姓を捨てられないご事情や、おきちさまが婿養子を取らなければならないというご事情はあるでしょうけれども、まずはお二方のお心持ちがいちばんですもの」

おあさは熱心に言う。その隣で、おくめがうんうんとうなずいていた。

おきちはこの話が始まってからずっと思い詰めた表情をしており、傍らのおねねはそんな主人を時折心配そうに見つめている。

「わたくしは縁談を断られたことは受け容れております。ただ、このご縁をなかったことにしたくはないのです。できるならきちんとお会いして、ひと時でも素晴らしいご縁があったことをわたくしなりに受け止め、その上で先に進みたいと思っておりました。それなのに、その席にさえたどり着けぬまま、ああして逃げ帰ることになってしまって……」

おきちは再びうな垂れ、袖口を目もとに当てている。

「お嬢さま」

おねねが不安げに声をかけた。

「おきちさま」

続けて、おあさが優しく呼びかける。

「あたしも喜八さんも今度のことで、安兵衛さまとお知り合いになれました。おきちさまのお力になれるとお約束はできませんが、何かお手伝いできればと思っております」

喜八は既のところで「えっ、俺も?」と言いかけたが、どうにかこらえた。いつの間にか仲間に入れられてしまっているが、まあ、それはよしとしよう。

(けど、この話で、俺に何かできることがあるのか)

その後、具体的な策を話し合うには至らず、おきちとおねねは先に帰ることになった。

「どうぞ、またいらしてください」

喜八の挨拶に、おきちは「はい」と答えたものの、安兵衛の話でつらくなってしまったのか、浮かぬ表情のままであった。おあさたちはもう少し残ると言う。

「できれば店じまいの後、喜八さんたちに相談したいことがあるの」

帰りが遅くなるのは大丈夫だと言い、おあさとおくめは夕餉をかねてお茶漬けを頼んだ。二人がそれを食べ終わって少しした頃、店じまいをし、喜八と弥助の二人でおあさの話を聞くことになった。先ほど聞いたおきちの話はすでに弥助にも伝えてある。

「おあささんが俺たちに相談したいことって何なんだ」

喜八が尋ねると、おあさは「やはり、おきちさまのために何かしたいんです」とまっすぐな目で言った。

「けど、縁談なんてのはご本人次第だしなあ」

喜八の言葉に、「それはもちろんよ」とおあさはうなずく。

「でも、おきちさまが望んでいるのは安兵衛さまとお会いすることでしょ。お会いして縁談がまとまらなかったら、それはそれ。おきちさまだって受け容れると思うの」

「じゃあ、二人を会わせたいっていうのが、おあささんの願いなのか」

「ええ。お父つぁんの話によれば、安兵衛さまはこちらのお料理をたいそう気に入ったそうだから、またいらしてくださるんじゃないかと思うの」

おあさは熱意をこめて言った。

「つまり、安兵衛さまがうちに来てくださった時を狙って、この店におきちさまを呼ぼうって算段かい」

「喜八さんと弥助さんが、もしも力を貸してくださるなら……」

と、おあさはすがるような目を向けて言うが、安兵衛が来るのを待って、おきちに知らせを送っていては間に合うかどうか分からない。

「お二人を同じ日にこの店へお招きするってことか。ただし、安兵衛さまにはおきちさまが来るってことを内緒にした上で……」

喜八が思い浮かんだ案を口にすると、

「あの、あたし」

と、おあさが真顔になって切り出した。

「前に、喜八さんがあたしのお願いを聞いてくれるっていう約束、このために使ってもいいと思っています」

「それじゃ、おあささんのためにならないだろ」

「でも、おきちさまが安兵衛さまにお会いできるのなら……」

おあさの熱心さは変わらない。

「それはやめておきなよ」

喜八は優しく言った。

「あの約束は、おあささんが望むことに取っておけばいい」

「それじゃ」

「まあ、約束はできないけれど、取りあえず安兵衛さまにお会いして、何とかできないか考えてみるよ。それでいいだろ、弥助」

喜八はおあさから弥助に目を向けて問うた。

「若がそうおっしゃるなら」

弥助は淡々と答えた。喜八はおあさに微笑みかけ、おあさはほっと息を吐いた。

三

それから一日置いた十七日の午後、喜八は弥助、松次郎と一緒に、小石川牛天神下の堀内道場へ向かった。店は昼過ぎの休憩までで閉め、戸口には貼り紙も出した。

安兵衛とおきちを茶屋かささぎで会わせるには、まず安兵衛を店に誘い出さねばならない。

「取りあえずは、東先生の台帳書きにこじつけ、かささぎへ来てほしいとお誘いするのが無難でしょう」

という弥助の考えに、喜八も同意した。そのためには安兵衛に会わねばならないが、最も自然なのは堀内道場へ出向くことだろう。ついでに、闇討ちの一件も含め、安兵衛の周辺を探れるというものだ。

その話を喜八と弥助がしていたら、

「その道場、あっしも連れてってください」

と、松次郎が言い出した。喜八は少し驚いたが、

「道場の様子を探るくらいなら、あっしにもできます」

と、松次郎は言い、弥助も賛成した。

「若と俺はもしかしたら、あっちで武術の型とやらを習わされるかもしれませんし」

その間、動きを制限される二人の代わりに、松次郎に動いてもらう。ということで話はまとまり、三人はこの日、半刻（約一時間）ほどをかけて小石川へ向かった。

「堀内道場は直心影流（じきしんかげりゅう）で、道場主の堀内源左衛門（げんざえもん）という人物は、ここに堀内流という一派を作ったそうです。門人の数も多く、盛んな流派のようですよ」

道すがら、弥助はそんな話をした。

「お前、道場なんてくわしくなかったろ。どうして、そんなことを知ってるんだ」

「東先生が堀内道場へ行くようにとおっしゃった時から、その手のことを知っていそうなお客さんから聞いておいたんですよ」

弥助はさらっと答えた。

「えー、お前、本当に気が利くというか、抜け目がないというか、大したもんだな」

喜八は感心して、まじまじと弥助を見つめる。

「ところで、堀内道場の四天王について、分かったことがあります。一人は安兵衛さまですが、他に奥田孫大夫（おくだまごだゆう）という門人がいて、この方が赤穂藩士なのだそうです」

「赤穂藩っていやあ」

「はい。おきちさまは赤穂藩の堀部家のお方だったはずです」

「なるほど。それじゃあ、お二人の縁談の仲人はその人だったんだな」

「仲人ではないかもしれませんが、少なくとも間に入られたのはこの方なんじゃないでしょうか」

「奥田孫大夫さまか」

「はい。四天王と対面することはないと思いますが、名前は覚えておいてもよいかと」

そんな話を喜八と弥助が交わしている間も、松次郎が会話に加わってくることはない。二人の後ろから歩調を合わせ、黙々と歩み続けている。

やがて、三人は千代田のお城の東側を通って、小石川へと到着した。牛天神下の場所を訊くと、堀内道場はすぐに見つかった。

敷地は柘植（つげ）の生垣に囲まれ、門の脇には堀内道場と木札がかけられている。門は大きく開けられており、門番はいない。三人はそのまま中へ入り、正面の道場へと進んだ。

玄関でお頼みしますと声をかけると、若い門弟と見える者が中から現れた。

「道場へ御用の方でしょうか」

「はい。こちらの中山安兵衛さまの知り合いで、木挽町の芝居茶屋かささぎの者とお伝えくだされればお分かりになると思います。こちらへ伺うようにと言われ、参りました」

「中山に伝えてまいりますので、少々お待ちを」

門弟はそう言い置き、下がっていった。しばらく待つと、当の安兵衛が一人で現れた。

「これは、かささぎの若旦那と弥助さんでしたな。それに、そちらは……」

安兵衛は松次郎を見て首をかしげた。前に店へ来た時には顔を合わせていなかったことを思い出し、

「うちの料理人の松次郎です」

と、喜八が安兵衛に引き合わせた。

「おお、そちらがめっぽう美味い衣揚げを作る料理人か。お会いしたいと思っていた」

安兵衛はさわやかな笑みを浮かべ、松次郎は無言で頭を下げる。

「今日は例の剣術の型を習いに来られたということだな。料理人の松次郎さんも同じでよいのか。いや、なかなかよい体格をしておられる」

「いや、あっしは……」

松次郎はおもむろに首を横に振る。

「ええと、松次郎は東先生のお手伝いをしてるわけでもないんで、型を習うのは俺たち二人だけで」

喜八も口を添えた。

「そうなのか。松次郎さんは武芸を習えばかなり上達されると思うのだが」

「いや、料理人に剣術は要らないでしょうよ」

喜八が言うと、弥助も続けて、

「それよりも、型を習う前にまず皆さんの稽古を見学させてもらえませんか」

と、話を変える。安兵衛は残念そうにしながらも、「では、まずは稽古場へ案内いたそう」と言った。その稽古場へ向かう途中、

「ところで、安兵衛さまのご身辺に危ないことはありませんでしたか。中山勘解由さまも心配していらっしゃいましたが……」

と、喜八は話しかけてみた。

「さようか。いや、勘解由殿にもご心配いただいて申し訳ない。しかし、これということは起きていないし、不審な出来事もない。奉行所に届いたという脅しの書状はただの悪戯だったのであろう」

安兵衛は鬼勘の名を出した時だけは恐縮した様子を見せたが、その後はあっさりした口ぶりであった。相変わらず、何が起きても大丈夫という自信ありげな様子である。

やがて、三人は二十畳ほどの広さの稽古場へと案内された。中では、三組ほどが立ち合い稽古をし、壁際に正座して見学している門人が数人、離れた場所で素振りをしている門人が数人いる。

安兵衛が入っていくと、素振りをしていた門人たちは稽古をやめ、敬礼をした。それから安兵衛は稽古を見学している門人たちの方へと向かい、喜八たちもそのあとに続く。

見学中の門人たちも居住まいを正し、折り目正しく安兵衛に頭を下げた。

「この方々は今日一日に限って稽古を見学なさる。それがしの知り合いゆえ、不便がない

ようお世話を頼みたい」

安兵衛が言うと、門人たちは「かしこまりました」と声をそろえて答えた。四天王の威光はなかなかのものらしい。

「お二人の型の稽古については別の者に任せたい」

安兵衛は喜八たちに告げると、正座していた門人の中の一人に声をかけた。

「こちらは、板橋多門殿と申される」

立ち上がって喜八たちの前に立った門人を、安兵衛は引き合わせた。その顔を目にした時、喜八は内心であっと叫んでいた。

（この人は確か……そうだ、あの日、巴屋の事件があった日、うちに来てくださったお客さんじゃねえか）

ひどく無愛想で、「お雛さま」の三種一そろえを注文しながら、甘酒にほんの一口口をつけただけで、店を出ていってしまった浪人だ。しかし、その後、巴屋の前で事件が起きた時には見かけなかった。

喜八が驚きを表情には出さなかったので、誰も気づくことはなく、安兵衛は話を続けた。

「そして、こちらが喜八さんに弥助さんだ。お二人は武芸の腕を磨きたいというのではなく、とある事情から型を習いたいと申されている」

「型を習いたいが、上達を目指していないということですか」

板橋多門は納得できないという表情を浮かべている。

「それは、その……」

事情を話してよいものかどうかと、安兵衛が喜八と弥助の顔をうかがう。

「実は、俺たちは役者見習いなんです」

すかさず、弥助が口を開いた。真実ではないが、多門を納得させるにはもっともな言い分だろう。

「剣豪の役をやることになりまして、型を知らないものですから、狂言作者の先生からそれを学ぶようにと仰せつかりました」

「うむ。その狂言作者の先生もそれがしの知り合いでな。頼まれてお引き受けしたのだ」

と、安兵衛が言い添える。

「ああ、そういうわけですか」

多門は納得したようであった。

「それゆえ、見栄えのする型を教えて差し上げるのがよいと思う。板橋殿ならば適切に教えてくださるだろう」

「分かりました」

と、多門は頭を下げた。

「では、よろしく頼む」

と、言い置いて、安兵衛は離れていった。立ち合い稽古をしている門人たちの指導に当たるようである。

「それでは、改めてよろしくお願いいたす」

多門は礼儀正しく言った。

「こちらこそよろしくお願い申し上げます」

喜八と弥助も頭を下げる。松次郎は壁際で稽古を見学することになり、喜八と弥助には木刀が渡された。

(板橋多門さまといったな。俺を見て顔色一つ変えねえってことは、あの日のことはまったく覚えてねえってことか)

喜八は多門に三月三日のことを話そうかと迷いながら、結局、口にはしなかった。あの日は何かに心を奪われているふうだったから、店の者の顔など見ていなかったのかもしれない。

「では、まず構えから始めましょう」

喜八と弥助にそれぞれ、剣の持ち方を指導する多門は、あの日とは別人のようにきびきびして見えた。

四

それから、喜八と弥助は袈裟斬りや逆袈裟など、舞台で遠目にもはっきりと見える大技の型を中心に、真向斬りや一文字斬りなどの映える技を教えられた。

「剣豪の役をおやりになるのですよね」

多門から訊かれ、「ええ、まあ」と答えていたら、「お二人とも筋がよいですから、もう少しお教えしましょうか」と言われ、袈裟斬りの左右を転じた左袈裟斬りや、同様に逆袈裟の左右を転じた左逆袈裟などまで教えられた。それがしばらく続いてから、

「少し手首が痛みますので、休ませてもらえませんか」

と、弥助が申し出た。

「これは気づかず、すまぬことをした。井戸で冷やした方がよいかもしれぬ」

多門はそう言って、二人を庭の井戸端まで案内してくれた。ついでに、少し外で休憩しようという話になる。

「手首が痛むって、さっき俺と木刀をつき合わせた時に捻ったのか」

喜八が問うと、弥助は多門の見ていないところで、さりげなく目配せをした。

(仕込みってやつか)

休憩を使って安兵衛の周辺に探りを入れる目論見だなと、喜八は了解した。気がつけば、壁際で見学していたはずの松次郎も姿を消している。こちらも大方、道場の外で素振りの稽古をしている門人あたりに、探りを入れに行っているのだろう。

多門は松次郎の不在には気づいてもいないようであった。

「ありがとうございます」

井戸水を多門に汲んでもらった弥助は礼を言い、それらしく手拭いを取り出し、水に浸している。

「俺たちは木挽町の芝居茶屋で、中山安兵衛さまとお会いしたんです」

喜八は多門に告げた。しかし、木挽町の茶屋という言葉にも、多門は何の反応も見せなかった。

「安兵衛さまの評判は知っていますけど、あの十八人斬りというのは事実と違うようですね。ご本人から聞いたことですが」

喜八がさらに話を続けると、「ああ」と多門は応じた。

「安兵衛殿は確かに我が道場の四天王の一人で、お強いことに異論はないが、たった一人で十八人を斬ることはあり得ません。そもそも、刀がそこまで斬れるはずがないのです。まあ、峰打ちで倒したというなら別ですが、『十八人斬り』でしたからね。大方、読売の売り上げを伸ばそうと、大袈裟に数を盛ったのでしょうな」

日頃から刀を持ち歩く武士であれば誰でも分かることだと、多門は言う。その物言いにはいささかの憤懣も感じ取れた。

安兵衛に対する多門の態度は従順に見えたが、内心の思いは別のようでもある。

「つかぬことを伺いますが、安兵衛さまはこの道場ではどういったお立場なのですか」

不意に、左手首に濡れた手拭いを当てながら、弥助が尋ねた。

「四天王と呼ばれるお一人だってことは聞いているのですが、どうも俺たちには道場の仕組みやお立場の違いがよく分からなくて」

弥助の言葉に、多門はさもあろうとうなずいてみせた。

「道場にはさまざまな者が集まってきます。旗本や御家人の家の方から、各藩の藩士、また浪人などさまざまで、もちろん家柄や地位は重要です。ただし、それとは別に、剣術のみの強さという基準があって、この道場内ではそれも大事な秩序となります。道場主である堀内源左衛門先生は、いわば神のごときお方。大名や旗本のご子息であっても礼を尽くされます」

「そんなにすごいんですか」

喜八が目を丸くすると、多門は厳粛な表情でうなずいた。

「剣術をしない人には分かりにくいかもしれませんな。しかし、ここでは力がすべてなのです」

その中で、四天王と呼ばれる四人は、まさに神に近い剣士たち。

「ですから、安兵衛殿はお立場こそ浪人ですが、ここでは門人たちからたいそう敬われています。十八人斬りが事実でなくとも、門人の菅野殿のために助太刀をし、勝利したのは事実。菅野殿は亡くなられたが、それを名誉ある死とした功績は安兵衛殿のものです」

「安兵衛さまは強い上に、人徳もあるわけですね」

弥助の言葉に、多門はほんの少しの間を置いてから、

「……その通りです」

と、応じた。

「安兵衛さまは浪人を続けるおつもりなのでしょうか」

喜八が尋ねると、

「それはないでしょう」

と、今度はすぐに返答がある。

「私も浪人者ですから分かるのですが、やはり仕官先は何としても見つけたい。宮仕えをしない気楽さがいいと言う人もいるでしょうが、それは学者なり俳人なり、武芸以外のことで身を立てたいと思う人の言葉です。道場へ通うような浪人にとっては、忠義を尽くせる主君こそ何よりの宝」

多門の言葉には熱がこもっていた。

「それでは、板橋さまもいずれはそうなりたいと――」

「無論です。しかし、この泰平の世では、新たな仕官先を見つけるのも決して容易(たやす)いことではなく」

多門の口からは溜息(ためいき)が漏れた。

（鬼勘の目指す泰平の世ってのも、望ましいことばかりじゃねえってわけか）

喜八はふとしみじみした気持ちになった。多門とて泰平の世を望んでいないわけではないだろうが、自分がその恩恵を受ける立場から外れたことに忸怩(じくじ)たる思いがあるのだろう。

そう言われれば、元町奴(まちやっこ)とて同じようなもので、今の世の中が生きやすいとは言えない。

松次郎が元町奴と知られ、かつ盗みの濡れ衣を着せられた時には、茶屋かささぎに嫌がらせをする人もいた。

（けど、それでも俺は、親父が佐久間町でそうしていたみたいに、木挽町に皆の居場所を作りてえ。茶屋を大きくして、元町奴もそうじゃねえ町の人も、皆が一緒に笑い合えるようなところにするんだ）

かささぎという鳥は、天の川に橋を架けたという伝説を持つ。かささぎ組はなくなったが、その名は自分が受け継いだと思っている。だからこそ、元町奴の子分たちと町の人たちの橋渡しにならなければ、と思うのだ。

そんな胸中の思いに喜八がとらわれていると、

「私は、生まれてくる時を間違えたのかもしれない」

ふと、多門の力の抜けた声が耳に入ってきた。

「これが戦国の世であれば、仕官先に悩むどころか、この腕一つで出世が叶ったはず。私は運に恵まれなかったのです」

「しかし、安兵衛さまのような例もあります。板橋さまも世間の注目を集める機会があれば……」

喜八に代わって、弥助が多門を励ますように言う。

「それは確かに――。されど、あのような機会とて稀のこと。ああ、菅野殿があの時、安兵衛殿でなく、私に声をかけてくださっていれば、私とて一人二人、敵を倒すことはできたのです。そういう機会に恵まれないことが、私に運のない証なのでしょう」

再び多門の口から溜息が漏れた。弥助ももうそれ以上励ましの言葉をかけようとはしない。

「安兵衛殿のもとにはあの決闘以来、剣術指南役として来てほしいという申し出や、婿養子の口など、いくつかのお話が舞い込んでいると聞きます」

多門の口ぶりは、相手をうらやましく思っているというより、恨めしげな色合いさえ帯びているように聞こえた。

「そうなんですか。でも、安兵衛さまは中山のお家をつぶすわけにはいかないというお考えらしいですね」

喜八がとぼけて言うと、「えっ」と多門が虚を衝かれた表情を見せた。

「ご浪人の方の中には、そういう方も多いのではありませんか」

改めて問うと、多門は「そうですね」と落ち着きを取り戻して答えた。

「確かに、跡継ぎの場合は生家の名をどうしても残さねばということもあります。ですが、浪人生活が長くなると、そのようなことにかまっていられないというのが、私の実感としてはありますが……」

「では、板橋さまはお家の名を残すことにはこだわらないということですか」

「ええ。私は長男で他に兄弟もいませんが、婿養子の口を否むつもりはありません」

多門の口ぶりに迷いは感じられなかった。ただ、安兵衛が婿養子を拒んでいるという話は知らず、少し驚いたようである。

その後、三人は再び道場へ戻り、教えてもらった型をおさらいして、一日稽古は終わりとなった。

「本当にありがとうございました」

喜八と弥助は多門に礼を述べた。

「芝居に出ることになった時には知らせてください」

そう言った時の多門の表情には、先ほどのような憂いはない。その言葉に応えられる日は来ないだろうと思いつつ、喜八は作り笑いで返事をした。

その頃には松次郎も道場へ戻ってきており、三人が帰る旨を申し出ると、安兵衛が門まで送ってくれた。

「また、ぜひうちの店にも来てください」

本来の目的は安兵衛に来訪を承知させることである。

「衣揚げの量を倍にしてご奉仕いたしやす」

めずらしく、松次郎が言葉を添える。

「さようか。それはありがたい」

安兵衛はぜひにも伺おうと約束した。

「東先生も、安兵衛さまとお話をしたがっておいででしたので、いらしてくださる日が分かるとありがたいのですが。先生にもお越しくださるようお伝えできますから」

「そうか。事前に日取りを決めるのは、三月中は少し難しいかもしれぬ。四月になってからでもかまわないだろうか」

安兵衛の返事に、喜八はもちろんですと答えた。

「行ける日が分かったら、そちらの方面から来ている門人にでも言づてを頼むことにいたそう。店へお伝えすれば、東先生にも伝えていただけるのであろう？」

「はい。必ずお伝えいたします」

おきちさまにも――という言葉は胸の中で呟くだけに留めておく。

「板橋の教えは役に立ったであろうか」

門が近くに迫ったところで、安兵衛は尋ねてきた。

「はい。丁寧に教えてくださいました。芝居の際はこういう位置に立って斬りつければ、客席からその技がよく見えるというようなことまで教えてくださって」

弥助が多門を持ち上げる。

「そうか。細かなところに目の行き届く者ゆえ、よい人選と思ったのだ」

「安兵衛さまは板橋さまを信頼しておられるのですね」

喜八が問うと、安兵衛はうむとうなずいた。

「若さゆえの焦りが試合に出てしまうことがあるが、修行を重ね、年がいけば、それもなくなろう。いずれはこの道場を代表する剣客となる男だ」

安兵衛の言葉は相手への思いやりに満ちているように感じられた。

ちょうど門に達したので、そこで四人は足を止めた。

「今日は急に伺いましたのに、どうもありがとうございました」

喜八が挨拶し、改めて三人で頭を下げる。

「いや、何。来てくれと言ったのはそれがしだ。お役に立てて何よりであった」

安兵衛は屈託のない笑顔で言った。

陽はすでに傾き、西の空は夕焼けに染まっている。その茜空(あかねぞら)の優しく懐かしい色合いが安兵衛には不思議とよく似合っていた。

五

安兵衛と別れ、三人だけになると、さっそく喜八は松次郎に何をしていたかを尋ねた。

「へえ。しばらくは若たちの稽古を眺めてたんですが、折を見て、外へ出ました」

中で稽古を見ている門人から話を聞くのは難しい。しかし、庭でも素振りをしたり休んだりしている門人たちがいて、休憩中の者は気軽に話にも応じてくれた。その際、松次郎の素性を訊かれたが、それには木挽町の芝居茶屋で料理人をしていると正直に答えたという。

「あっしは気の利いた話もできやせんし、嘘(うそ)も言えませんで」

料理人というのが門人たちから興がられ、いろいろと問いかけられたそうだ。それに、ぽつぽつ答えていくうち、門人たちとの隔てもなくなっていった。そこで、折を見ながら安兵衛の話を持ちかけたという。その時のことを、松次郎は語り出した。

「へえ、安兵衛殿が木挽町の芝居茶屋へねえ」

松次郎たちが道場へ来たのはそういう縁だったのかと、門人たちは大いに納得した。

「実は、まったく根も葉もない噂なんですが、安兵衛さまが何者かから狙われてるって聞きましてね」

そこで、松次郎は水面に小石を投じた。食いついてくるかどうかは賭けだったが、

「それ、ただの噂じゃないですよ」

と、言い出した若い門人がいた。

「私も似た話を耳にしたんです」

安兵衛は数日前、道場から自宅へ帰る途中、待ち伏せしていた数人の者に襲われたそうだ。噂の出どころはその現場を見た町人だという。

「何でも、その者は『村上の仇、討たせてもらうぞ』という声を聞いたそうですよ」

「村上といえば、安兵衛殿が高田馬場で討った相手方の侍だろう」

「さよう。三人兄弟であったという。しかし、三人とも死んだのではなかったか」

「仇討ちを狙うのは兄弟には限るまい。親族や奉公人ということもある。しかし、決闘後の仇討ちが西条藩で認められることはないだろう。ゆえに、闇討ちを謀ったということろか」

門人たちは、松次郎が何も尋ねなくとも、勝手にしゃべってくれた。その話の後、

「実は、私は安兵衛殿にそのことをお尋ねしてみたんだよ」

と、安兵衛と同年輩ほどの門人が打ち明けた。

「闇討ちに遭ったという話を聞きましたが、事実なんですかって」

その話は他の者たちも初めて聞いたらしく、皆の口から「ほほう」という驚きの声が上がった。

「どうだったんだ。安兵衛殿は認められたのか」

「うむ。闇討ちに遭ったというより、遭いかけたというのが事実だと申しておられた。近くで人の叫び声が上がったので、相手方の大半は逃げてしまったそうだ」

「大半というと、逃げなかった者もいたのだな」

「うむ。はっきり人数はおっしゃらなかったが、襲いかかってきた者もいたらしい。安兵衛殿はその者どもを峰打ちで倒された」

「何と、今度は峰打ちか」

「正式な仇討ちではないからな。安兵衛殿はその上で相手を諭したのだそうだ。『このことは仇討ちとして認められぬ。表沙汰(おもてざた)になれば処罰は免れまい。ゆえに、このことは黙っていてやるから二度とこのような真似(まね)はするな』と」

「それで、相手は納得したのか」

「それは知らぬが、峰で打ち据えられたゆえ、それ以上、安兵衛殿に襲いかかることはできなかったのだろう。安兵衛殿は相手がここであきらめてくれるのなら、事を荒立てたくないとお思いなのだ。ゆえに、この話をされた際、こう言われた。この話は余所に広めないでほしいとな」

だから、ここで話したことも内密で頼む——とその門人は言い、松次郎を含めその場にいた者たちはうなずいたのであった。

「何だよ。それじゃあ、安兵衛さまはもうとっくに闇討ちに遭ってたってことじゃねえか」

松次郎の話を聞き終え、喜八は声を上げた。

「俺たちこそ、安兵衛さまに騙されていたんですね」

「まったくだな。嘘なんか吐けない人だと思い込んでたよ」

その驚きから冷めると、今度は安兵衛のあまりの人の好さに改めて驚いた。

「安兵衛さまはつまり、自分を殺そうと襲いかかってきた連中を庇おうとしてるってことだよな。どうして、そうなるんだろう」

「村上兄弟の仇討ちと言われたからでしょう。これがまったく無差別に狙われたなら、安兵衛さまもあんなに寛容ではなかったと思います」

弥助は安兵衛の心をそう推し量った。

「けど、相手が本当に村上兄弟の縁者とは限らないだろ」

喜八が言うと、弥助は考え込むような表情になった。

「そうですね。そもそも、安兵衛さまが村上兄弟の親族や奉公人の顔を知っていたとは思えません」

「どっちにしても、村上兄弟の仇討ちと言われたのをそのまま信じて、相手を庇おうとするなんて、ちょいと油断しすぎだよなあ」

「それに、偽者だとしたら、安兵衛さまはとんだお人好しです」

喜八と弥助は互いに顔を見合わせた。しかし、この件でできることと言えば、奉行所を通して鬼勘にこのことを知らせるくらいだろう。

「それは、あっしが行ってまいりやしょう」

途中で、松次郎が言った。

「そうか。なら、松つぁんが道場で聞いたことをそのまま伝えてくれりゃいい。かささぎからの言づてだって言えば、分かるようになってるって話だからさ」

松次郎には途中で別れ、今日はそのまま帰ってくれるようにと告げた。

「今晩の飯は握ってありますんで、それを。お菜もいくつか用意してありますが、後は弥助に任せてくだされば」

別れ際に松次郎は言った。出かける前に、二人の夕餉のことまで考えて支度しておいてくれたことに頭が下がった。

「ありがとな、松つぁん」

「それじゃ、ここで」

八丁堀へ向かう松次郎と別れ、喜八と弥助は木挽町へ戻った。

弥助は帰宅するなり、さっそく松次郎が夕餉に用意してくれたものを確かめた。

「春の茶碗蒸しの他に、筍と蕪の煮物があります。どちらも温めることもできますが、冷たいままでもいけます」

どうするかと訊かれ、喜八は冷たいままでいいと答えた。

「なら、味噌汁だけ作りましょう。なめこと豆腐の味噌汁でどうでしょうか」

弥助は残っている材料を確かめ、尋ねてくる。

「けど、今から作るんじゃ悪いな」

「大した手間じゃありません」

と、弥助が言うので、「なら頼む」と喜八は応じた。そして、本当に待つほどもなく、調理場の横の部屋のちゃぶ台には、店で出しているのと同じような料理が並んだ。

「ありがてえ。けど、本当にお前、前より手際がよくなったよな」

湯気の立つ味噌汁の匂いに鼻をくすぐられながら、喜八は言った。

「時折、松のあにさんを手伝いながら、教えてもらってもいますから」

「そうか。それじゃあ、いただくとするよ」

喜八は手を合わせ、まず味噌汁を口にした。なめこの滑りと味噌がよく合っている。握り飯に味噌汁を合わせると、白米が口の中でほろほろとほどけていった。

「やっぱり味噌汁を用意してもらってよかったよ。あったまるし、いい味だしな」

「いい味噌で作ってますから」

弥助は生真面目に答えた。いい味噌を使っているのは本当で、松次郎が見つけてきた乳熊屋という店の味噌である。麹の甘みがあり、こくもあって、かささぎの客からも味噌料理の評判はいい。

しかし、この味噌汁が美味いのは味噌のお蔭ばかりではない。具に通す火加減がちょうどいいからでもあるが、照れているのだろうか。

いいや、弥助はそもそも、照れたり謙遜したりする質ではない。子供の頃からずっと一緒にいるが、そんな姿は見たことがなかった。

(なら、本気で味噌のせいだと思ってるってことだな)

これ以上褒めても無駄だと思い、喜八は食べることに専念した。

茶碗蒸しはつるんとした舌触りが、温かい時に食べるよりいっそう心地よく感じられる。筍と蕪の煮物も出汁の味がよくしみ込んで、嚙む度にそれがしっかりと伝わってくる。

喜八は、別々に店へ来て料理を褒めてくれた安兵衛とおきちのことを、ふと思った。二人がこの店で顔を合わせ、一緒に同じ料理を食べる日が来てくれればいいと、心から思う。

おあさの願いでもあるその日が来れば、先日は泣きそうだったおきちも笑顔になってくれるのではないか。その姿を浮かべながら、喜八は握り飯を頬張り、お菜を平らげていった。

六

翌日、かささぎはいつも通りに店を開けた。松次郎は南町奉行所に鬼勘宛ての言づてを託し、話をした役人はきちんと伝えておくと請け合ったという。

また、この日の午後、おあさとおくめがやって来たので、四月に安兵衛が店へ来ること、その際は事前に日時を知らせると約束したことを伝えた。

「それじゃあ、それが分かったら、あたしがおきちさまにお知らせすればいいのね」

すぐにでもおきちにその話を聞かせてあげるのだと、おあさは上機嫌で帰っていった。

おあさの喜ぶ姿に、喜八も気をよくしていたのだが、その気分を台無しにする出来事が起きたのは、それから半刻（約一時間）も経たない頃のことである。

過ぐる三月三日、巴屋に嫌がらせをしたならず者たちが、かささぎへ現れたのだ。

「よお、男前のあんちゃん。約束通り、来てやったぜ」

先日、喜八と対峙した体格のいい男が、喜八を見るなり、にやりと笑った。こげ茶と黒の縞の小袖姿だが、裏地は派手な山吹色である。連れは四人、皆それぞれに裏地の派手な着物を着崩しており、中には木刀を引っさげた者もいた。

「あれ、あの時一緒にいた威勢のいい嬢ちゃんはどうしたんだ。店にいねえのかい？」

聞こえよがしに男は言い、その時店にいた女客の顔をわざとらしくのぞき見ていった。

女客たちは脅えて顔を背けたり、中には震え出した者もいる。喜八と弥助で女客とならず者たちの間に割って入ったが、二人だけで防ぎきれるものでもない。食事を終えていた女客たちは、

「あたしたちはこれで」

と、金を置いて、店を出ていった。

「ああ、くれぐれも気をつけて」

喜八たちはそう声をかけ、ならず者たちから目を離さない。ならず者たちはちっと舌打ちしたり、あるいは「あーあ、若い娘が帰っちまった」と呟いたりしていたが、追っていく者はいなかった。

つくづく、今ここにおあさがいなくてよかったとひそかに思う。おあさがいれば、この男たちに絡まれていただろうし、おあさもまた、それに脅えて逃げ出すような娘ではない。ひと騒動もふた騒動も起きていただろう。

「お客さん」

喜八はならず者たちに声をかけた。

「ここは飲み食いをする場所です。そのためにいらしたのなら、空いているお席へどうぞ」

腹に力を入れて言うと、覚悟のほどが相手にも伝わったらしい。

「そうかい。じゃあ、座らせてもらおうか」

男たちの兄貴分らしい縞小袖の男が言うと、「へい」と他の男たちが応じ、彼らはばらばらに離れた席に座った。

兄貴分が「ろ」の席、別の男たちが「に」「ほ」というように――。

「お客さんたち、ご一緒ですよね。どうして一つのお席にまとまってお座りにならないんですか」

「何だよ、あんちゃん。この店には知り合い同士は一つの席に着かなけりゃならねえって決まりでもあるのか」

この時はそれまでしゃべっていた兄貴分に代わり、木刀を持った男が言った。

「決まりというわけではありませんが、ほとんどの方はそうしてくださいます」

「俺たちがそいつらと同じことをしなけりゃならないわけじゃないだろ」

「ですが、皆さんがお席をいくつもお使いになると、他のお客さんが座れなくなります」

「てことは、何だ、この店じゃ一人客は迷惑に思ってるってことか」

「そうは言っていません。混んでくれれば相席をお願いすることもありますが、皆さん、快く承知してくださいます」

「へえ、なら俺たちもそうさせてもらおうじゃないか。混んできたら相席でかまわねえ。な、兄貴」

木刀の男が兄貴分の男に声をかけると、

「いいねえ。あの威勢のいい嬢ちゃんが来たら、ぜひ俺と相席にしてくれよ」

と、兄貴分がにやにや笑う。他の男たちもどっとはやし立てるように笑った。木刀を持った男はそれでどんどんと土間を突くので、物騒なことこの上ない。まだ残っていた年輩の男客は顔をしかめており、それを機に夫婦者らしい客も店を出ていった。

「お客さん、そういうもので音を立てられちゃ困りますね」

弥助が木刀を持つ男の腕に手をかけた。その瞬間、男が不自然なほど顔をしかめた。弥助も驚き、一瞬後には手を離したが、

「痛(い)ってえな。何しやがる」

凄(すご)んだ男の腕にはさらしが巻かれていた。

「失礼しました。お怪我をされていたのですか。木刀を持っていらしたので、まさかそうとは知らず」

「ただの虫刺されだよ」

男は袖を伸ばしてさらしの巻かれた腕を隠す。

「おい、早く飯を食おうぜ」

兄貴分の男が言った。

「へえ。じゃあ、酒とつまみを頼むわ。ええと……」

木刀の男が注文し、壁にかかったお品書きに目を向ける。字を読むというより、ざっと壁を見回すと、木刀を持ち上げ無造作に一つの壁を指した。

「お客さん、危ないですから」

弥助が忠告するが、先ほどのように腕に手をかけるわけにはいかない。それをいいことに、男は無視して、

「ここからここまで五人分用意してくれ」

と、言った。山菜尽くしの衣揚げから春の茶碗蒸し、種々の煮物、海苔巻きに茶漬け、店で出しているもろもろの品が全部入っている。

「すべて五人前でよろしいのですか。白米を使ったお品がいくつも入っていますが……」

弥助が丁寧に訊いた。

「いいんだよ」

木刀の男がじろりと弥助を睨み上げる。

「頼むって言ってんだから早くしろよ。こっちはこんな小せえ茶屋でも我慢して来てやってるんだ」

男はすでに下ろしていた木刀で再び土間をどんと突く。もはや弥助も注意はしなかった。最後まで残っていた年輩の男客も去り、店の中はならず者五人の他、誰もいなくなった。この調子では他の客が入ってくることはないだろう。

だが、今日は十八日。東儀左衛門と六之助がやって来る日だ。おあさは先ほど来たばかりだから、大丈夫だと思うが、儀左衛門に付き添って来たりでもしたら厄介なことになる。

ならず者たちの注文を受け、調理場へ入った喜八と弥助は相談した。

「あの連中がいるうちに来られたら、絡まれる前にいったんお立ち退き願いましょう」

儀左衛門たちに限らず、他の客もうっかり中へ入って絡まれるようなことになったら気の毒である。

「暖簾を下ろすのも手ですが、連中に気づかれると厄介ですから、店の戸に『貸し切り』の紙でも貼り出しましょうか」

弥助の案を採ることにし、貼り紙は喜八が用意することにした。

「お前は松つぁんを手伝ってやってくれ。馬鹿みてえな注文の量だからな」

すべては食べきれない量のはずだが、用意しないわけにもいかない。

そうした注文を伝えても、松次郎は淡々と調理をこなしていたが、一人ではさばくのに相当の手間がかかるはずである。弥助は調理場の手伝いに回り、喜八は隣の小部屋で、貸し切りの貼り紙を用意した。下の方に小さく「御用の向きは裏口へ」と書き込み、路地裏から回る道筋も図に描いておく。これを見れば、六之助が気を利かせ、儀左衛門と二人で裏口へ回ってくれるだろう。

喜八は裏口から表の戸へ回り、貼り紙をした。これで、無用の騒動は避けられる。後は、ならず者たちに飲み食いをさせ、何とか穏便にお帰りいただくだけだ。

喜八は調理場へ戻り、それから酒と料理を客席に運び続けた。

「こりゃ、思ったより美味いじゃねえか」

衣揚げと酒の相性がよかったせいか、男たちはご機嫌な様子も見せたが、飯が炊き上がって、握り飯から海苔巻き、いなり寿司と運んだ頃にはもう、誰も手を出そうとしない。それはそうだろう、それ以前にお菜を相当腹に納めており、酒も浴びるように飲んでいる。

そうこうするうち、「おい、茶漬けはまだか」と兄貴分の男が言い出した。

「米を使ったお品がまだ残っておられるので」

喜八が言うと、「そんなのは関わりねえだろ」と怒鳴りつけてくる。

「俺は茶漬けがいいんだ。硬く握った飯は食わねえ」

「ならば、お一人分だけ取りあえずお運びします」

「いいや、五人分すぐに持ってこい」

「……かしこまりました」

言われるまま、五人分の茶漬けを用意して持っていくが、兄貴分の男が一口すすっただけで、他の男たちは箸もつけなかった。

「ああ、たらふく食ったな」

それからしばらくして、兄貴分の男が立ち上がる。

「では、お支払いの方を……」

「ああ、それについてはな。後で届けさせる」

兄貴分の男はにやっと笑った。

「初めてのお客さんは、つけではなく、この場でお支払いをお願いしてるんですが」

通常の客は百文も使わないのが大半だし、こちらから頼まなくてもその場で支払ってくれる。しかし、今回は五人まとめての支払いで一貫文を超えていた。

「あんちゃん、この場で支払いってのはちと無理だ」

兄貴分に代わって、木刀男が言った。すっかり酔っ払い、木刀を杖替わりのようにしている。

「俺たちの払いについちゃ、堀内道場の中山安兵衛に請うてくれ」

「中山……安兵衛さま？」

「そう。この店に来てるだろ。あの人が払ってくれることになってんだ」

それだけ言うと、兄貴分の男を先頭に、ならず者たちは店を出ていってしまった。

お待ちくださいーーと、声をかけようとした喜八の肩にそっと手がかけられる。いつの間にか、弥助が後ろに立っていた。弥助は無言で首を横に振る。

あの連中に何を言っても無駄だということは、喜八にも分かった。男たちが食べ散らかした席上には、松次郎と弥助の作った料理がまだたくさん残されている。喜八は唇を嚙み締めた。悔しさと徒労感が頭上からのしかかってくる。

芝居茶屋を大きくし、この木挽町に自分たちの居場所を作りたい――その願いを叶えたいだけなのに、それを踏みにじる連中がいる。この理不尽な仕打ちに耐えることもまた、試練と思わなければならないのだろうか。

（親父が生きてりゃ――）

倅の自分にあんな仕打ちをする連中はいなかっただろう。そう思った瞬間、

――私は、生まれてくる時を間違えたのかもしれない。

道場で聞いた板橋多門の言葉が耳もとをよぎっていった。あの言葉を聞かされた時、自分は多門のことを、腑甲斐ないと思ったのではなかったか。

――私は運に恵まれなかったのです。

そう呟く多門のことを、不運を他人のせいにする手前勝手な男と思ったのではなかったか。だが、今は自分が多門と同じ心持ちになりかけている。

（こんなんじゃ、いけねえ）

喜八は己を叱咤するべく、両の頰をばちんと叩いた。想像以上の音が響いて、弥助も松

次郎も驚いたかもしれないが、喜八に声をかけてはこない。

それからほんの少しの間を置いて、外の戸がやや遠慮がちに叩かれた。叩き方からして先ほどのならず者たちが戻ってきたわけではなさそうである。

弥助が戸を開けに行くと、外に立っていたのは東儀左衛門と六之助、それに百助と鉄五郎の四人であった。

「鉄のあにさんに親父……どうしたんです」

儀左衛門と六之助はともかく、他の二人が一緒にいたことに、弥助は驚いていた。

「いえ、いつものようにこちらへ伺ったところ、この貼り紙を見ましてね。どういうことか探るようにと先生がおっしゃるので、町の人に訊いて回ったんですよ」

と、六之助が説明する。さすがは狂言作者見習いで、町の噂の種を拾い集めるのに長けた六之助は、すぐさまかささぎで何が起こったのかを正確に調べ上げた。別の茶屋で時をつぶすという儀左衛門を木挽町に残し、自分は兄の鉄五郎のもとへひとっ飛び。左官をしている鉄五郎は仕事が終わったらすぐかささぎへ駆けつけると約束し、六之助をその足で百助のもとへ走らせた。

百助は喜八や弥助から聞いていた手順で、南町奉行所へ走り、今日のことを鬼勘に伝えてくれるよう頼んできたという。

「え、もうそこまでしてくれちまったのかい」

喜八は驚いた。頼まずとも、これだけのことをしてくれる仲間たちに感謝の念が込み上げてくる。

（俺は恵まれていたんだな）

運に見放されることがあったとしても、仲間たちがいれば、必ず立ち直れる。喜八はそのことを胸に刻みつけた。

「若」

気がつくと、松次郎がすぐそばにいた。

「先生方に席に着いていただきやしょう」

「お、おう。そうだな」

「奴らが手をつけてない皿もたくさんありますんで」

「そうだな。いったん片付けて、皆に振る舞おう」

喜八は気を取り直して言った。先ほどのしかかってきた悔しさと徒労感はもはや消え失せている。

喜八と弥助はすぐにならず者たちの席を片付け、松次郎は手のつけられていない煮物などを温め直した。

「やあ、今日は豪勢ですねえ」

六之助が人の好さそうな顔をほころばせる。

「今日はうちのおごりだから、どんどん食べてください。酒も料理も追加するんで」

喜八が言うと、鉄五郎が「いや」と掌を喜八の方に向けて首を横に振った。

「東先生や百助さんはともかく、あっしは何もしてないんで。ちゃんと支払いはさせてもらいまさあ」

その様子をじっと見ていた儀左衛門が「先日も会うたけど、あんたは六之助のお兄はんやな」と声をかけた。

「へえ。いつも弟がお世話になってます」

鉄五郎が先日同様、びしっと背筋を伸ばして頭を深々と下げる。

「あんた、大悪党や大妖怪の役でもやらせたら似合いそうやな」

儀左衛門は眼鏡の縁に片手を当てながら、鉄五郎の顔をじいっと見据えて言った。

労い(ねぎら)の言葉でも口にするのかと思いきや、相変わらず芝居のことばかり言う儀左衛門に、喜八と弥助は顔を見合わせた。ここはもう苦笑いするしかない。

「へ、大悪党か大妖怪……」

鉄五郎は目を白黒させている。

「いいじゃねえか。小悪党や盗賊より格が上って感じがするぞ」

百助が声を上げて笑い出す。つられて六之助も吹き出した。

「この後、若旦那と弥助はんにせりふ回しと立ち回り、やってもらうんやけど、あんたにもちいっとやってもらいまひょか」

と、儀左衛門が鉄五郎に言い、それから六之助に目を向けた。

「あんた、後であての荷物の中から適当な台帳を見繕っとき。大悪党か大妖怪といったところやけど、ごつい鬼の類でもええわ」

「分かりました、先生」

六之助が間髪を容れずに応じる。

「そんな、先生。本気ですか」

鉄五郎は情けない表情で儀左衛門に迫ったが、

「何で、あてがあんたに冗談を言わなあかんのや」

と、すげなく言い返されただけであった。そのやり取りに再び笑い声が弾ける。この時は喜八も声を上げて笑っていた。

翌日、十九日のかささぎは、ふだん通りに店を開けたものの、誰もが緊張していた。百助は昼辺りから店の外を見張ってくれると言うし、鉄五郎も仕事が終わり次第、駆けつけると言う。儀左衛門も六之助を夕方には遣わそうと言ってくれた。

「お二人には、先生の台帳書きをお手伝いいただいている恩がありますから。私は腕っぷしのお役には立てませんが、使い走りならお役に立てますんで」

六之助もかささぎのために働く気は十分であった。

もしこの日も例のならず者たちが現れたら、店への立ち入りを拒み、すぐに番屋へ知らせると決めてある。昨日の今日で、鬼勘からはまだ何も言ってこないが、奉行所からの知らせが届いていれば、木挽町を気にかけてくれるだろう。

店を開けてから昼過ぎの休憩までは、何とか無事にやり過ごせたものの、客はいつもより少なめだった。町の噂は早いもので、かささぎがならず者たちから嫌がらせを受けたことは、多くの人に知られてしまったようである。

「奴らが来るとしたら、おそらく夕方近くだろうからな」

気を引き締めて、喜八は昼八つ半（午後三時頃）に再び暖簾を掲げた。半刻（約一時間）ほどは何ごともなかったのだが、七つ（午後四時頃）の鐘が鳴って間もない頃のこと。

「よう」

聞き覚えのある兄貴分の男を先頭に、昨日と同じ連中が戸口から入ってこようとした。

「失礼ですが」

喜八はすかさず男の前に飛び出し、それ以上は進ませない。

「昨日の払いを受け取っていませんので、今日はご遠慮願います」

「昨日のこと、すでに番屋にも奉行所にもお知らせしましたので、どうかそのおつもりで」

弥助も喜八の横に立って言った。

「おいおい、俺たちは払いを踏み倒したわけじゃねえ。中山安兵衛のつけで頼むと言っただけだぜ」

「それなら、中山安兵衛さまから断りがあってしかるべきでしょうが、何も聞いておりませんので」

喜八は一歩も退かずに言った。兄貴分の男は顔に青筋を立てると、「おい、てめえら」と背後の弟分たちに声をかける。

「この店は俺たちを入れてくれねえそうだ。客に対してずいぶんな扱いじゃねえか」

「まったくです。客を大事にしねえ店は怒りを買ってもしょうがないですよねえ」

昨日と同様、木刀を引っさげた男が言った。昨日と違うのはその男以外の三人も、木刀なり短刀なりを手にしていたことだ。

今日は初めから騒動を起こすつもりで来たということか。

「騒ぎを起こせば、番屋に知らせが行きますよ。昨日のことも伝えてあるって言いましたよね」

「役人が駆けつけてくるまでには時がかかる。てめえらの小せえ店を傷めつけるにゃ十分すぎるくらいなんだよ」

喜八はちらと後ろに目をやった。まだ五人ほどの客が中にいる。誰もが皆、脅え切った表情で、すでに食事どころではない。

この人たちは何としても守らなければならない。場合によっては体を張ってでも――。

そう思い、喜八が身構えた時であった。

「若、下がって」

喜八の体は突然背後に引かれた。入れ替わるように飛び出したのは松次郎だ。

「弥助も下がれ」

松次郎はそう言って、一番手前の兄貴分の男に跳びかかり、男を外へ叩き出した。二人ともどもんどりうって店前の通りに倒れ、あおりを食って、子分たちも数人倒れ込む。

「兄貴っ！」

弟分たちがわっと松次郎に跳びかかった。

「松つぁん」

喜八は弟分の男の一人の襟をつかもうとした。

しかし、横から伸びてきた手が、喜八の代わりに男の襟首をつかむ。弥助のしわざかと思ったが、そうではなかった。

どこで見ていたのか、百助が現れ、ならず者の一人をすぐさま松次郎から引きはがしたのだ。

「若は絶対に手を出さないでくだせえ」

百助は別のならず者の腕をつかみながら叫んだ。

「弥助、若を見張ってろ」

百助の命令に、弥助が喜八の腕を取る。

「若ーっ」

たった今駆けつけたばかりの鉄五郎が脇目もふらず、ならず者たちに突っかかっていく。

店前の大通りは男たちが入り乱れての大乱闘となってしまった。

「何をしている。ただちに神妙にいたせ」

役人たちがやって来たのは、それからややあってからのこと。乱闘騒ぎは真っ只中であったが、役人たちによって、男たちは一人、また一人と捕らえられていった。

そして――。

その騒ぎがようやく静まった頃、鬼勘が颯爽と現れた。鬼勘はならず者たち五人と、百助、松次郎、鉄五郎の顔を一人ひとり見定め、やがて重々しい口調で告げた。

「一人残らず、引っ立てい」

「かしこまりました」

配下の役人たちが言い、八人を立ち上がらせ、引き連れていく。

「待ってください、中山さま。喧嘩を吹っかけてきたのはあの五人です。うちの店の中を傷めつけると言いやがって。松次郎はそれを防ごうとしただけです。店の中にはまだお客さんだっている。百助さんと鉄五郎はその松次郎を助けようとしただけだ。それがどうしてお縄にならなきゃいけないんです」

喜八は鬼勘の前に立ち塞がり、必死に訴えた。

鬼勘は無表情で喜八の言葉を聞いていたが、喜八が口を閉じると、「言いたいことはそれだけか」と冷えた声で言った。

「中山さま……」

自分は鬼勘の仕事に力も貸し、その指示にも従った。心を許したわけではないが、心のどこかでは同じ泰平の世を望む同士――近頃はそんな考えさえ持っていたのに、この男とはやはり相容れないのか。甘い考えでいた自分はただ利用されただけなのか。

百助や松次郎や鉄五郎に守ってもらい、彼らだけを危ない目に遭わせてしまう。これでいいのか。自分だけはいつも安全な場所にいていいというのか。

「退け」

鬼勘は喜八を片手で横に退けると、捕らえた者と共に去っていった。

「若」

弥助が断じて飛び出させまいと、喜八の腕を強くつかんでいる。引っ立てられていく百助と目が合った。飛び出してきちゃいけやせん――その目は強くそう訴えていた。

第四幕　恋重荷竹田決闘(こいのおもにたけだのけっとう)

一

暦が四月に変わった一日、おきちは堺町のおあさに誘われ、山村座の芝居を観るため、木挽町を訪れた。先月にも同じ山村座の「船弁慶」を観に来ている。

今回から演目が変わり、この日が新しい芝居の初日なのだと、おあさから言われていた。

待ち合わせは芝居茶屋のかささぎである。

前の時と同じように、女中のおねねを連れて、おきちはかささぎへ入った。

「おきちさま」

おあさはすでに来ていて、客席から声をかけてくれた。

「今日はお誘いくださり、ありがたく存じます」

おきちはおあさに礼を言い、その前の席に座った。おあさも前回と同様、おくめを付き添いに連れていて、同じ年頃のおくめとおねねは笑顔で挨拶を交わしていた。

「初めまして。ようこそおいでくださいました」

奥から現れたのは、三十代半ばほどの女であった。美しいだけでなく色っぽさも漂わせ、おきちの目にもたいそう眩しい。臙脂色の地に白牡丹を大胆にあしらった小袖がよく似合っている。

「あの、わたくしが以前、こちらに伺った際は……」

運び役の若い男が二人いただけだった。水も滴るような男前と、少しつれない感じの渋い男。二人にはおあさを介して引き合わせてもらい、特に男前の若旦那には話も聞いてもらったが……。あの二人はどうしたのだろうと思っていたら、

「あたしはここの女将で、もんと申します。お客さまが先日お会いになったのは、あたしの甥の喜八と奉公人の弥助でございましょう」

と、女が言った。

「そうでございましたか。今日はその喜八さんと弥助さんは……」

「ちょいと用で外しております。これからお芝居に行かれるそうですが、お帰りの際にまた寄ってくだされば、お相手できるかと存じます」

「そうですか」

おきちも笑顔で応じたが、どうしても二人に会いたいわけではない。もしや、あの男前の運び役たちを目当てにやって来たと、誤解されてしまっただろうか。

「おきちさま。お芝居に行く前に何か、お飲み物でも頼みませんか」

おあさが声をかけてきた。その前には藍色の碗が置かれている。

「おあささんは何を頼まれたのですか」

「あたしは甘酒を頼みました」

と、おあさが言うので、「では、わたくしもそれを」とおきちは頼んだ。おねねに問うと、やはり甘酒がいいと言うので、二人分注文する。

「温かいものも出せますが、どうしますか」

おもんから訊かれ、おきちもおねねも冷たいものを頼んだ。今日から衣替えで、これから夏が来る。冷たい甘酒の美味しい季節だ。

甘酒は夏の疲れを癒すための飲み物だが、桃の節句にも好んで飲まれる。

（今年の節句は、甘酒を飲まなかった……）

あの日は巴屋で見合いをする予定だった。もしその席に着いていたなら、甘酒が出されていただろう。だが不運にも、ならず者たちに阻まれて店に入ることもできず、逃げ帰るしかなかった。家へ帰ってからはもう、甘酒を飲むような気分ではなかった。

もしもあの日、巴屋で中山安兵衛と会っていたなら、何かが変わっていただろうか。もちろん、会う以上のことを期待してはならないと分かってはいた。縁談は安兵衛の側からはっきり断られたのだ。おきちが決闘の日に、襷掛けのためのしごきを渡した女と知られたところで、何が変わるわけではないだろう。

（それでも、わたくしはあの方に、もう一目だけ――）

いつしか物思いにふけっていたおきちは、おあさから呼びかけられていたことに気づいて、はっとなった。

「どうかなさいましたか、おきちさま」

おあさが不思議そうに尋ねてきた。おねねは気遣わしげな目をしている。

「すみません。少しぼうっとしていたみたいです」

おきちは大丈夫だと微笑んでみせた。

間もなく、おもんが甘酒を運んできてくれて、おきちは冷たい甘酒を口に含んだ。優しい甘みが喉を潤し、疲れを癒してくれる。

「今日のお芝居は『恋重荷竹田決闘』といって、あたしの父が書いたものなんです」

おきちとおねねが甘酒を飲んでいる間、おあさが話してくれた。

「そうなんですか。それでは、東先生は芝居小屋の方に？」

「ええ。役者さんたちと今頃、最後の打ち合わせをしているところなんじゃないかと思います」

おあさはにっこりと微笑んだ。

「おあささんは今日のお芝居の筋書きをご存じなんですか」

おきちが尋ねると、おあさはうなずいた。

「あたしは台帳を読ませてもらいましたから。筋を知らずにお芝居を観るのも楽しいと思いますので、ぜんぶはお話ししないでおきますけれど、能に『恋重荷』という曲があるんです。そちらはご存じですか」

「いえ、生憎(あいにく)」

おきちは首を振り、差し支えなければ教えてほしいと頼むと、おあさは『恋重荷』について語ってくれた。

「そのお話は宮中を舞台にしたものなんです。帝(みかど)にお仕えする美しい女御(にょうご)さまがいらしたんですけれど、庭の花のお世話をする老人がその女御さまを一目見て、叶(かな)わぬ恋をしてしまうんです」

「まあ」

美しい女御と庭師の老人とは、まったく似合わない取り合わせだと、おきちは思った。どうあっても叶わない恋――それは絶望である。もしほんの少しでも叶う余地があるのなら、わずかな期待に胸を震わせることもあろうが、絶望を見せられた観客はいったい何に感動するのだろう。

「その老人は、女御さまのお姿をもう一度見たいと願いました。すると、女御さまにお仕えする者が老人に言ったんです。『恋重荷という荷を背負って、庭を幾度も回ってみせたら、女御さまはお前の願いを聞いてくださるそうだ』って」

そこまで聞いた時、おきちは何か嫌な気分がした。女御とお仕えする臣下の者が、まるで老人を笑い者にしようとしているように聞こえたのだ。

暇を持て余した高貴な人の退屈しのぎ。身のほど知らずの恋をした老人はその餌食にされようとしている。

（確かに、美しいと言える恋ではない。醜く卑しいと思う人だっているかもしれない。けれど、誰かの真剣な想いをあざ笑うのはひどいことだわ）

おきちはひそかにそう思わずにはいられなかった。おあさの話はさらに続いた。

女御の姿を再び見られると希望を持った老人は、喜んで恋重荷を背負おうとする。それは老人でも背負えそうな大きさしかないのに、実はびくともしないほど重かった。しかし、女御を見るという妄執に取り憑かれた老人はどうしてもあきらめきれない。身に余る重荷を無理に背負おうとし、その結果命を落としてしまう。

「えっ」

隣で一緒に聞いているおねねの口から、小さな声が上がった。ひどい話だと思っているのだろう。

まったくだと、おきちは眉をひそめた。こんなにも後味の悪い話を舞台で観たいと思う人がいるのだろうか。だが、話はここで終わりではなかった。

「女御さまがその話を聞いて、さすがに哀れみ、庭で倒れている老人の亡骸のそばまで行くんです。すると、今度は女御さまご自身が立ち上がれなくなってしまいました。老人の妄執が女御さまに取り憑いたんです」

話は急におどろおどろしいものへと変貌した。なるほど、こういう筋書きならば、必ずしも老人だけが気の毒ではないし、女御だけが意地悪というわけでもない。いつしか、おきちはこの話に引き込まれてしまった。

「老人は自分の菩提を弔ってくれるよう、女御さまに頼みます。女御さまがそれを承知すると、女御さまを地面に括り付ける呪いは解け、老人は女御さまをお守りすると約束して成仏したのだそうです」

話はそれで終わりだった。最後まで聞けば味わい深いところのある話だと思いながら、

「東先生がお書きになった『恋重荷竹田決闘』はこのお話をもとにしているのですか」

と、おきちは尋ねた。

「全体の筋書きは違いますが、能の『恋重荷』とよく似た場面が途中に出てくるんです。あとはご自分の目でお確かめください」

おあさはそう言うと、「さあ、そろそろ行きましょうか」と皆に声をかけた。四人はそ

ろってかささぎを後にし、芝居小屋へと移動した。

おあさが用意してくれた桟敷席は舞台の正面がよく見える席だった。舞台の真正面は、芝居の筋書きを検めに来る役人のための席なのだと、おあさが教えてくれた。

「今、あちらに座っていらっしゃるのが旗本の中山勘解由さまです。今日も怖いお顔をしていらっしゃるわ」

おあさが小声でこっそりと教えてくれた。中山勘解由の顔は知らなかったが、その席へ目をやると、確かに厳格そうな侍が座っている。だが、おきちの目は一瞬後にはその隣の男に吸い寄せられていた。

「お、お嬢さま。あの方」

おねねも気づき、おきちの袖を引いてくる。

「あの……おあささん」

おあさももちろん知っているはずだ。あの人が中山安兵衛であるということは――。

「おきちさま」

おあさはじっとおきちの目を見つめてきた。

「ご挨拶に行かれませんか」

「え、わたくしが」

おきちは目を見開いた。

「その通りです」

おあさは瞬き一つせず、しっかりとうなずき返した。

今この場で安兵衛のもとへ行って挨拶をする――そんなことができるのだろうか。おきちの胸は高鳴る一方、不安のあまり押しつぶされそうにもなる。

おきちの目はさ迷うようにおあさから離れ、いつしか安兵衛の姿へ吸い寄せられていた。

あの日、決闘へ向かう前の凛々しい姿を見た時から、おきちの心は安兵衛につなぎ止められてしまった。決闘を控えていたからだろうが、あの時の安兵衛の目は澄み切っており、おきちたちとは別の景色を見ているようであった。この人は他の人と何もかもが違う、とおきちは思った。どういうわけか、そう見えるのはこの人の魂がもうこの世から離れかかっているせいではないか、とも思った。不吉な気持ちに駆られたのもこの時だった。

この人は決闘で命を落としてしまうのではないか。

そうなってほしくないという一心が、その時、おきちにふだんなら考えられないほどの勇気を与えた。

「どうぞ、これを襷の代わりに」

縮緬のしごきを安兵衛に差し出した。

「かたじけない」

安兵衛はそれだけ言うと、しごきを受け取り、おきちの前から去っていった。おきちもまた、決闘が終わるまでその場にいはしなかった。あの人が死んでしまうかもしれないと思うと、怖くてその場にはいられなかったのだ。

あの時の男が何という名で、どんな活躍をしたのかということは、その後、町の噂や読売で知った。

——ドウゾコレヲタスキノカワリニ。

——カタジケナイ。

たったそれだけの会話を、その後、おきちは何度胸の中に唱えたことだろう。おきちの婿を探していた父が、安兵衛の評判を聞き、ぜひとも堀部家へ来てもらいたいと言い出したのは、信じられないほどの僥倖だった。

おきちはそれからしばらくの間、夢の中をさ迷うような心地で過ごした。安兵衛が家の事情から断ってきたという話は聞いたが、さほど気が沈むことはなかった。一度会うことさえできれば、何かが変わるという気がしてならなかったからだ。

そして、あの三月三日の見合いの日まで、おきちのふわふわした心地は続いた。

(そう、わたくしは自分からどうしても会いたいと申し上げたのに、あの日、約束のお席へ行けなかった……)

そんな女を許す男がどこにいるだろう。どの面下げて自分の前に現れたと思われるに決まっている。

(安兵衛さまにご挨拶するなんて、とても無理。わたくしは陰ながらお見かけできただけで……)

おきちはうつむき、首を横に振った。

「よろしいのですか。ご挨拶に行かなくて」

おあさが念を押す。

「はい。そんなことはとてもできません」

おきちがうつむいたまま言うと、おあさもそれ以上は勧めてこなかった。おねねも心配そうな表情をしていたが、声をかけてはこない。

ややあってから、おきちはそっと顔を上げた。ちらと見ると、安兵衛はもう舞台にまっすぐ目を向けている。少し切なくなったその時、おきちはふと誰かに見られている気配を察した。目が合ったのは、安兵衛たちの桟敷から少し隔てた、別の桟敷の若い浪人風の男である。

(えっ、あの方は……)

目を凝らした時、柝の音が聞こえてきた。

男は舞台に目を向け、横顔しか見えなくなり、おきちも正面に向き直った。

カーン、カン、カン、カン……。

「恋重荷竹田決闘」の幕がいよいよ開ける。

二

舞台上に現れたのは、どこぞの武家の屋敷の庭のようであった。おきちが常日頃から見慣れている光景だ。

その庭先で、若い男が素振りの稽古をしており、傍らにはそれを見ている娘がいる。淡い桜色の地に藤の花柄の小袖――華やかな装いからして、この家の娘といったところか。

「鈴之助さまー」

「鈴さまあ」

土間の席から女の声が上がるのを聞き、娘役を演じているのが人気の女形、藤堂鈴之助であることを、おきちは知った。特に約束事のない芝居の時、鈴之助は好んで藤の絵柄を着ると聞いていたが、なるほど、確かに舞台上の小袖は藤の柄である。

鈴之助の登場と客席の騒ぎに気を取られていたが、それが収まってから、おきちは若武者役の男に目を留めた。見覚えがあるように思っていたら、「弥助さん……」という小さな声が近くからした。

誰の声かと目をやれば、おあさの連れのおくめである。食い入るように舞台に目をやっていて、自分が呟(つぶや)いたことにも気づいていないようだ。

「あちら、かささぎの弥助さんなんです。修業中なんですけど、うちのお父つぁんの肝煎りで、初舞台に」

おあさがおきちにささやいてくれた。

おきちはそれで先ほど店にいなかったのかと思い、再び舞台に目を戻した。やがて、舞台上では若武者が素振りを終えた。

「お疲れさまでした、紋四郎さま」

そう言って、娘が若武者に手拭いを渡す。

「かたじけない、おかち殿」

若武者は手拭いを受け取り、額の汗を拭った。

若武者は橋本紋四郎といい、この家に居候している浪人者であった。おかちはこの家の跡取り娘だ。紋四郎はおかちに想いを寄せているのだが、おかちの方はそれに気づいていないように見える。

一方、おかちの父親は常々、「我が家の婿には日の本一の剣豪を迎えるつもりだ」と公言して憚らない。橋本紋四郎が剣術の稽古に励むのも、それゆえのことであると明かされる。

やがて、紋四郎はついに想いが高じて、おかちの父親に申し出るのだった。

「おかち殿を私にいただけませぬか」と――。そのためならば何でもするし、この家の婿となったからには、家を盛り立てるために力を尽くす、と紋四郎は誓った。

「おかちをやるかどうかは、おぬしが日の本一の剣豪になれるかどうかだ」

と、父親は言う。

「ならば、私は日の本一の剣豪となるため、武者修行に出ます。そして、まことに私がそうなった暁にはおかち殿をください」

「よかろう。あくまでも、おぬしがまことの剣豪になればの話だ」

と、父親は約束した。ただし、この時、父親は一つ条件を出す。

「武者修行に出る際、婿取りの話についてはもちろん、おぬし自身の想いもおかちに打ち明けることは許さん」

「承知いたしました」

紋四郎はそれを受け容(い)れ、おかちにはただ武者修行に行くとだけ述べて、別れを告げる。

二人の別離の場面ははらはらと紙吹雪(かみふぶき)の舞う中で演じられた。

「紋四郎さま、本当に旅立ってしまわれるのですね」

おかちは時折袖口を目に当て、涙をこらえるしぐさをしながら、別れを惜しんだ。

「おかち殿、見ていてください。私は必ずや、日の本一の剣豪となって、おかち殿のもとへ帰ってこよう」

「日の本一の剣豪とは……。何と高い頂(いただき)を目指されるのでしょう。まるでわたくしの手の届かぬところへ行ってしまわれるような――」

おかちはそっと紋四郎へ手を差し伸べる。紋四郎はその手を取ろうと、腕を上げるのだが、既のところでおかちの手を握ることはこらえた。

紋四郎は未練を断ち切ろうとする様子で、おかちに背を向ける。

「私はいつか必ずおかち殿のところへ帰ってくるつもりです。待っていてくれとは言えませぬ。が、せめて剣豪を志した男がいたということだけは、忘れないでいてくださるとありがたい」

紋四郎は被っていた笠を目深に下ろし、そのまま歩き出した。

「忘れませぬ」

おかちはその背へ向かって声を張った。

「紋四郎さまのこと、決して忘れはいたしませぬ」

紋四郎はわずかに笠を上げ、振り返ろうかどうしようか迷うそぶりを見せるものの、やがて意を決したように走り出す。客席からは切なげな溜息がいくつも漏れた。

そして、紋四郎は舞台の袖へ去り、おかちも何度も振り返りながら、反対側の袖へ消える。

雪の中の二人の別離を経て、一場は終わった。

それから数年の時を経て、舞台上はとある道場の場面となった。

ここに、橋本紋四郎がいる。武者修行と称して各地を巡ったのち、再び故郷へ戻ってくるも、まだ日の本一の剣豪と言えるほどの実力はついていない。おかちの前に姿を見せるわけにはいかないが、せめて修行はこの地でしようと、近くの道場の門人となっていたのである。

この道場には「三人衆」と呼ばれる剣豪がいた。その実力は天下一を争うほどのものであり、紋四郎はまずこの三人衆の一角に名を連ねることを目指していた。それが叶ったら、さらにその筆頭となって、おかちのもとへ帰るのだと心を決めている。

この三人衆の一人が、山中十兵衛という男だった。

舞台の上では、この山中十兵衛と橋本紋四郎が竹刀で立ち合い稽古をしているさまが演じられる。

「喜八さーん」

「よっ、かささぎ屋」

藤堂鈴之助の登場の際に負けず劣らずの声が客席から上がった。

今度は言われないでも、おきちにも分かった。山中十兵衛役を演じているのは、かささぎの若旦那の喜八である。茶屋で見た時から人目を惹きつける美男だと思っていたが、舞台に立った姿はさらに水際立っていた。髪を若武者風に結い、真っ白な稽古着に袴を着けた姿は、何とも凛々しくさわやかである。

何の気なしに、おあさの方を見ると、いつの間にやら眼鏡をかけており、舞台を食い入るように見つめているではないか。そのあまりの熱心さに、おきちは声をかけ損ね、再び舞台へと目を戻した。

舞台上の十兵衛と紋四郎はほんの数回、竹刀を打ち合い、すぐに立ち合い稽古は終了となった。おきちのような武士の娘から見ると、さすがに二人の動きは本物の剣士とは言いがたい。それでも決して萎縮(いしゅく)せず、舞台を目いっぱい使い、二人とも力強く動いていた。

「山中殿」

立ち合い稽古が終わるのを待ちかねていた様子で、門人と思われる一人の男が山中十兵衛に話しかける。何やら内密の話があるようなふぜいであった。それを察した紋四郎は、

「稽古をつけてくださり、ありがとうございました」

と、十兵衛に礼を述べ、その場から離れていく。

すると、十兵衛に語りかけた門人の男は思い詰めた様子で語り出した。

男の名は菅田(すがた)という。ある時、別の侍と言い争いになり、決闘で片を付けることになったのだが、思うように人が集まらなくて困っていた。一方、相手側は順調に助太刀の人数を増やしており、このままでは負けは必須ということであった。

「どうか、山中殿。この菅田を助けてくれまいか」

同門の菅田から頭を下げられ、十兵衛は助太刀をすることを承知した。

「では、三日後の午の刻（正午）。竹田の里にてお待ちしており申す」

と言い残して、菅田は立ち去った。こうして、十兵衛は竹田の里での決闘に赴くことになった。

さて、場面は変わって三日後の当日。十兵衛は一人、竹田の里へ向かう。この時、動きやすくするため、袖を襷掛けにしようとするが、生憎紐を持ち合わせていないことに気づいた。すると、見物人たちの人ごみの中から、一人の娘が出てきて、十兵衛にそっとしごきを差し出す。それが、おかちだった。

「どうぞ、これをお使いください」

「何と、かたじけない」

十兵衛とおかちは見つめ合う。二人は何を語り合うというわけでもないのだが、客席の者にはやや長いと思われるほどの沈黙。二人の間に何らかの交情が生まれたというふぜいが伝わってきた。

それから、菅田と相手方との決闘が始まる。十兵衛は菅田と二人だけで、十人以上もの敵と渡り合うのだった。舞台の上で剣が振り回され、次々に人が倒されていく。

十兵衛の活躍ぶりは見事なもので、敵を一太刀のもとに斬り伏せていった。——と、この時、菅田と立ち合っていた覆面の剣士が、菅田に鋭い一撃を浴びせた。菅田は怪我を負い、膝をつく。

すかさず十兵衛が助けに入り、剣士の刀を阻むのだが、その時、覆面が外れ、相手の顔が丸見えになった。何と、それは橋本紋四郎だったのである。

「おぬしは……」

十兵衛が驚きの声を上げると、紋四郎は腕に力を込めて、十兵衛の剣を押し返し、その勢いで十兵衛から跳び離れた。そして、十兵衛が驚いている隙に後ずさり、その後は戦わずして逃げ去ってしまう。

十兵衛の周囲にもう敵はいなかった。十兵衛は倒れている菅田を慌てて抱きかかえるが、すでに瀕死の状態であった。菅田は十兵衛に礼を言い、息絶える。

さて、それからの十兵衛はその土地で、見事な剣士としてもてはやされる身となった。一方、橋本紋四郎は万一にも敗れた敵側に助太刀した上、逃げ延びたと世間に知られれば、この上もない不名誉を背負うことになる。幸い、紋四郎が竹田の里の決闘に加わっていたことは誰にも知られておらず、それを知る十兵衛も人に語ることはなかった。

やがて、十兵衛のもとに、おかちの父親から婿入りしてほしいという縁談が持ち込まれ、十兵衛は見合いの席へ赴くことになる。そして、その当日、十兵衛が約束の茶屋へ入ろうとすると、それを遮る(さえぎ)かのように数人の男たちが立ちはだかった。

先頭に立っているのは、紋四郎だ。その後ろに従っているのは、派手な身なりのならず者たち。

おきちは先日の巴屋の店前(たなさき)での出来事を思い出し、恐ろしくなったが、芝居の成り行きが気になって舞台から目をそらすことはできない。

「おぬしは武士でありながら、卑怯(ひきょう)な真似(まね)をするのか、紋四郎」

十兵衛は落ち着いた声で、同門の弟子を諭した。

「黙れ。あなたに私の何が分かる」

紋四郎は前に立ち合い稽古をしていた時の礼儀正しさはかなぐり捨て、十兵衛に食ってかかった。

「私は竹田の里でおぬしを見たことは誰にも話していないし、この先も語るつもりはない」

十兵衛は落ち着いた声で告げるが、その気遣いは紋四郎の心には届かなかった。

「それでも、あなたがいる限り、私はいつあなたがそれをばらすかと脅えながら暮らさなければならない。だが、あなたがいなくなりさえすれば、私は道場の三人衆に選ばれる。おかち殿とて私のものになる」

紋四郎の言葉に、十兵衛は驚愕(きょうがく)する。

「おぬしはおかち殿を……」

「私はおかち殿を妻とするため、日の本一の剣豪になると誓った。その志の前に、あなたが立ち塞がったのだ」

「おぬしは、私さえいなくなれば三人衆になれると、本気で信じているのか。まことにおかち殿を妻にできると、心の底から思っているのか」

「ええい、黙れ黙れ」

最後には紋四郎は怒りを爆発させ、刀を抜いてしまう。仕方なく十兵衛も刀を抜き、ならず者たちもそれぞれの得物を手に二人の周りを取り囲んだ。

「やあーっ」

紋四郎が十兵衛に向かって剣を振り下ろした。十兵衛は難なくその剣を受け止めるが、突然、表情を険しくし、そのまま膝をつく。

「重い……。これはいったい、どういうことか」

十兵衛が苦しそうに呟くのを聞き、紋四郎が高らかな笑い声を上げた。

「驚かれたか。これは呪いの剣。受け止めた途端、果てしない重さとなってのしかかる。そして、こうして剣を離しても──」

と、紋四郎は自らの剣を十兵衛の剣から離した。それでも、十兵衛の苦しむ表情は変わらず、目に見えぬ重圧を受けて、次第に剣を持つ腕は下へ、下へと落ちていくのだった。

「お覚悟」

紋四郎はその十兵衛に向かって再び刀を振り下ろす。その眉間に剣先が届こうという時、十兵衛は渾身の力を振り絞って呪いを脱し、あわや紋四郎の剣を受け止めたのだった。

十兵衛は膝をつき、顔の前で刀を横に持っている。柄を持つ右手だけでは支えきれず、左手も峰に添えていた。

「おのれ、おのれ」

と、紋四郎はわめきながら、何度も十兵衛の剣に己の剣を振り下ろす。ところが、その何回目かの時、刀は滑り、切っ先が地面に突き刺さった。すると、どういうことか、今度は紋四郎の刀が持ち上がらない。

やがて、紋四郎は苦悶の表情を浮かべ始めた。持ち上がらないばかりでなく、刀が手から離せないのだ。

そんな紋四郎の眉間へ、十兵衛が切っ先を突きつける。そこへ現れたのはおかちであった。

「お前ら、その娘をひっとらえろ」

紋四郎の命令に、ならず者たちがおかちを捕らえようと勢い付くが、十兵衛が刀一振りでおかちを守る。ならず者たちはとても敵わないと逃げ出して、その場には三人だけが残った。

「紋四郎さま、どうして――」

おかちは悲しげな目を紋四郎に向ける。

「おかち殿、私はあなたのためだけに強くなりたかった。その願い叶わなかった今、私と怒りと恨みの念で振り上げた。

先ほどまでその重さに喘いでいた呪いの剣を、紋四郎は叫び声を上げながら、怒りと恨みの念で振り上げた。

すかさず十兵衛が進み出る。

「やあっ！」

と、紋四郎の上半身を横一文字に払いのけると、紋四郎の振り上げた刀はその手から離れた。そして、紋四郎自身もまたその場に崩れ落ちる。それを見届け、十兵衛は刀を鞘に納めた。

「大事ありませんか、おかち殿」

振り返って、おかちを見つめる。

「あなたはもしや竹田の里でお会いした……」

十兵衛はそこで初めて、見合いの席で会うはずだったおかちが竹田の里でしごきを渡した娘だと気づく。

「はい。わたくしがかちでございます」

二人は見つめ合う。そこへ、花吹雪が舞ってきた。二人は舞台の中央で互いに寄り添い、この先の仕合せを予感させる形で芝居は終わった。

やんやの喝采が沸き起こる中、おきちは安兵衛のいた桟敷に目をやる。だが、安兵衛の姿はなく、一緒にいた中山勘解由も見当たらなかった。そして——。

芝居の始まる直前、おきちをじっと見ていた若い男もまた、先ほどの桟敷から姿を消していた。

三

芝居を観た後、おきちはおあさからまたかささぎへ行こうと誘われ、承知した。あの芝居の筋書きにはいろいろと思うところがある。もちろん、竹田の里の決闘とやらは、あの高田馬場の決闘が下敷きなのだと分かるし、十兵衛とおかちとのやり取りは途中までだが、おきち自身の経験に酷似していた。

だが、今気にかかるのは、十兵衛という剣豪のことより——。

「山中十兵衛の役をやってらしたのは、かささぎの喜八さんだったんですよ」

おあさはまだ昂奮(こうふん)の抜けきらぬ声で言う。四人でかささぎへ向かう道すがらでのことだ。

「ええ。わたくしにもすぐに分かりました」

おきちは答えた。

「喜八さんはとても男前でいらっしゃるから、舞台でもたいそう映えておいででした。でも、役者をやっているなんて、おあささんもおっしゃってくださらないから、本当に驚いてしまいました」

「おきちさまに驚いていただこうと思って、わざと黙っていたんです」

おあさは悪戯っぽい笑みを浮かべて言う。

「でしたら成功ですわ。本当に驚きましたもの。喜八さんと弥助さんが役者だったことばかりでなく、お芝居のお話の中身も」

「そうですよね。あのお芝居にはおきちさまを思わせる人物も出てきていたんですから」

「ええ。それも藤堂鈴之助のような一流の女形が演じてくださっていて……。いろいろと思うところはありましたが、わたくしが今いちばん気になっているのは、弥助さんの演じていた……」

「おきちさま」

おあさはおきちの言葉を静かに、だが、妙に力強い声で遮った。

「そのことについては、かささぎへお行きになれば分かります」

「かささぎへ……？」

おきちは思わず足を止めた。

「はい。おきちさまが気になっておられることはすべて明らかになると思いますので、もう少しだけお待ちください」

一緒に足を止めたおあさは真摯な口ぶりで言い、「参りましょう」とおきちを促した。

おきちはそれ以上問うことができず、その後はおあさのおしゃべりをどことなく上の空で聞く。

「喜八さんは女形向きかなって思っていたのだけれど、今日のお芝居を観てしまうと、男の役も似合っていましたよね。剣豪の役どころは、たぶんご本人にはやりやすいものではなかったのでしょうが、ふつうの町人の二枚目役なら本当にお似合いだと思うんです。でも、喜八さんはあの藤堂鈴之助の甥っ子で……。あ、この話、していませんでしたっけ。いえ、血はつながっていらっしゃらなくて。ほら、先ほどかささぎでお会いした女将さん。あの方が鈴之助のお連れ合いなんです。喜八さんはあの方の甥御さんなんですが、鈴之助と女将さんにはお子さんがいないので、喜八さんを跡継ぎにしたがっているんですって。もちろん、鈴之助は喜八さんを女形に育てたいみたいなんですが、喜八さんはどうするのかしらって、あたしまで何だか気になっちゃって」

おあさのおしゃべりがとめどなく続くうちに、やがて一同はかささぎへ到着した。

「あら、お帰りなさい」

と、おもんが迎えてくれる。先ほどと同じ席へと案内され、

「よろしければ、何でも注文してくださいな」

と、勧められた。おあさとおくめは相談し、茶碗蒸しを頼んだ。おねねに何でも食べたいものを言いなさいと勧めると、味噌田楽と答えたので、おきちも同じものを注文する。

店の中を見回すと、おもんと同じ年頃の男が一人、二十代半ばほどと見える男が一人、端の席に着いている。若い方は少し目つきが鋭く、どことなく怖かったが、地味な紺絣の小袖姿にだらしないところは見られなかった。

他に客はいないようだ。これから芝居帰りの客がやって来るかとおきちは思ったが、不思議なことに新しい客はなかなか入ってこない。

ややあってから、ようやく戸が開いたと思ったら、現れたのは先ほどの舞台に立っていた喜八と弥助の二人であった。すでにふだん通りの着物に着替え、髪型も元に戻している。

「あ、喜八さんに弥助さん」

おあさが明るい声を上げ、おくめも笑みを浮かべた。

「やあ、いらっしゃい。おきちさまもどうも」

喜八は皆に笑顔を振りまき、端に座っている男たち二人に目を向けた。男たちが軽く頭を下げるので、知り合いと分かるが、互いに声は掛け合わなかった。ただ、喜八の表情はどこかほっとしたように見えた。

続けて、二人の後から入ってきた男を見て、おきちは驚いた。

先ほど桟敷席で目の合った若い浪人であった。間近で正面から見ることができた今、もはや間違えようはない。

「板橋さま」

おきちは呟き、自分でも気づかぬうちに立ち上がっていた。

「……おきち殿」

相手もまた驚きの顔を浮かべていた。

板橋多門はおきちの馴染(なじ)みである。かつて多門は赤穂藩への仕官を希望しており、おきちの父が知り合いから頼まれ、堀部家で面倒を見ていたことがあった。その時、一生懸命剣術の稽古に励む多門の姿は、おきちの記憶に強く残っている。

その後、多門は堀部家を出ていった。赤穂藩への仕官が叶わなかったからだろうと、おきちは思ったが、くわしい経緯(いきさつ)は知らない。

今日見た「恋重荷竹田決闘」の芝居がどこまで現実を踏まえているのかは分からないが、弥助の演じていた橋本紋四郎という武者は、明らかに板橋多門を雛形(ひながた)にしていた。とすれば、現実の多門はおきちに想いを寄せていたのだろうか。当時のことを振り返ってみても、思い当たることはなかった。

「板橋さまは……中山安兵衛さまと同じ道場にいらっしゃったのですか」

先ほどの芝居を思い出し、おきちは尋ねた。多門は目をそらし、返事はしなかった。

「板橋さまがわたくしの家におられた頃、もしや父が板橋さまにお約束したことがございましたか」

おきち自身は何も知らない。あの芝居の筋書きのように、父が板橋多門に婿取りを条件付きで約束したことがあったのかどうか。あの芝居の中でも、おかちの父親は娘には内密にしていたし、橋本紋四郎にも口止めをしていた。あのようなことが本当にあったのならば……。

（わたくしが、何も知らなかったで済まされることではない）

今の多門の様子を見るに、おそらく、父はあの芝居の通り、多門に何かを約束したのだろう。日の本一の剣豪というのはいささか大袈裟であるにしても、どこかの道場の師範代になるとか、免許皆伝になるとか、そういった成果を引っさげて帰ってくれば、堀部家の婿にしてやろうというような約束を――。

その当時、父の言葉に嘘はなかったかもしれない。実際、父は武芸に秀でた男を婿に迎えたいという一心にとらわれている。だから、多門が武芸の達人であれば、婿に迎えるのに躊躇はしないはずだ。

しかし、多門が成果を上げて帰ってくるまで、父は待てなかった。おきちも待てなかった。

中山安兵衛という鮮やかな輝きを放つ星の光に魅せられ、父は婿にと望み、娘は恋に落ちた。安兵衛と同じ道場の門人であったのなら、多門がその縁談について聞き知るのも自然なことだったろう。

多門はそれで絶望したのではないか。これまで強くなろうとしてきた努力も、この先精進していこうという気持ちも、すべて踏みにじられたような気持ちになったのではないか。

「これは……どういうことですか」

多門が低く咎めるような声を出した。その眼差しが向けられていたのは喜八と弥助であった。

「私はあなた方から舞台を観てほしいと言われ、芝居小屋へ行った。中山安兵衛殿のこともおきち殿のことも私は聞いていなかった。あの芝居の中身もだ。これはどういうことかと尋ねても、あなた方は茶屋へ来てくれれば分かるとしか言わなかった。もういい加減、話してくれてもよいであろう」

「板橋さま」

喜八は静かに言葉を返した。

「あなたさまこそ、もういい加減、真実を打ち明けてくださってもよろしいんじゃありませんか」

「それは……どういうことだ」

「ここには、おきちさまがおいでになります。あの芝居を観て、思うところがおありのご様子。それは板橋さまとて同じでしょう。それに――」

喜八はいったん口を閉ざすと、弥助に目配せをした。弥助はうなずき、店の戸を開けると「どうぞ、お入りください」と外へ向かって声をかけた。入ってきたのは、中山勘解由である。

　おきちも驚いたが、板橋多門も驚いていた。

「先だって、巴屋やおぬしへ嫌がらせをしたならず者たちは今、牢屋(ろうや)に捕らえておる」

　中山勘解由がおきちに向かって告げた。それから、ゆっくりと目を多門の方へ向ける。

つられて、多門を見たおきちは息を呑(の)んだ。顔色はすっかり蒼(あお)ざめ、脂汗を浮かべている。

「あの者どもがようやく自白した。金で雇われ、巴屋の前に陣取っていたとな」

　おきちはそこで初めて、くわしい話を聞いた。おきちに嫌がらせをしたならず者たちはかささぎで無銭飲食をした上、乱暴狼藉(ろうぜき)を働き、捕らわれたのだという。

　だが、中山勘解由が問題にしていたのは、かささぎでの狼藉より、巴屋への嫌がらせと中山安兵衛への闇討ちの件だった。彼らは巴屋への嫌がらせは認めたものの、安兵衛への闇討ちは認めなかった。また、中山勘解由は彼らの裏に命令者か依頼主がいると踏んでいたが、それも頑として認めなかったそうだ。

「しかし、あやつらに今日の芝居を見せたところ、観念してすべてを認めた。ついでに、桟敷席に座る板橋多門、おぬしの顔も確かめさせた。あやつらはおぬしが自分たちの雇い主だと確かに認めたぞ。おぬしに言われて、中山安兵衛と堀部きちのどちらかを見合いの席へ来させぬよう邪魔したことも、村上兄弟の縁者を騙(かた)って中山安兵衛を闇討ちにしようとしたこともな」

中山勘解由が板橋多門へ向かって一歩踏み出した。

「もはや逃げることは叶わぬぞ。板橋多門、一緒に来てもらおう」

その時だった。多門は刀の柄に手をやったのだ。

「おのれ」

多門が血走った眼でその場の人々を睨みつける。その目と目が合った時、おきちは凍りついた。が、すぐに目の前に誰かが両腕を広げて立ち塞がるようにした。

喜八であった。

「皆して、あの馬鹿げた芝居を作り、この私を嘲っていたというわけだな」

多門が憎悪をたぎらせた声で言う。おきちは怖くてたまらなかった。目の前にいるのが自分の知る多門とはとても思えなかった。

このまま喜八の背に守られ、多門の憎しみから身を潜めていたい。そういう臆病で卑怯な気持ちが胸の中にはある。

だが、それではいけない。おきちは己を叱咤した。

武士の娘が町人の男に守られ、また二刀を持つ者が丸腰の町人に斬りつけるなどというようなことは――。

おきちが勇気を振り絞って、喜八の前に出ようとした時であった。

「ここにいる誰一人、板橋さまを嘲ったりしていませんよ」

と、喜八が言った。

「あの芝居は確かに板橋さまを思わせる男が出ていました。ここにいる弥助がその役をやりました。ご不快だったかもしれませんが、かといって、刀が重くなって持ち上がらないとか、どう見たって作りごとでしょ。けど、今ここで刀を抜けば、あのお芝居に近付いちまいます。恋しい女を道連れにしようとして退治されたあの橋本紋四郎って男にね」

「きさまはその退治する男の方を演じていたな。あれは中山安兵衛殿のことだと誰でも分かる。さぞ気分がよかったろう。何せ悪を退治する立派な役柄なのだからな」

多門は毒を含んだ声で言う。その口の攻撃はおきちのもとへも飛んできた。

「おきち殿とてさぞ気分がよかろうて。横恋慕する邪魔な男は退治され、立派な男と最後は結ばれる筋書きなのだからな」

「そんなことはありません」

おきちは思わず喜八の背から横へ飛び出し、多門をまっすぐ見つめて叫んだ。多門が暗い目でおきちを見返してくる。

「本気でそんなふうに思っておいでなんですか」

喜八は静かな声で訊いた。

「俺は悲しかったですよ。俺だって演じるからには、あの山中十兵衛って男の気持ち、よくよく考えました。でも、何度考えてもつらかった。相手を打ち負かした誇らしさとか、悪を倒したさわやかさとか、そんなものは微塵(みじん)も想像できなかった。それ、たぶん安兵衛さまの今のご本心と近いんじゃないかと思いますよ」

「そんなことはない。あの方は……今頃、私を蔑(さげす)んでおられるはずだ。強くなることもできず、道を踏み外した愚か者よ、と。だが、私は――」

「運が悪かっただけ、ですか。安兵衛さまとご自身との違いは、運の良し悪しだけだと今でも思っておいでですか」

多門は喜八から目をそらした。その右手は今も刀の柄にかかってはいるが、全身から殺気は消えていた。

「そんなふうにお思いにならないでください」

おきちは思い切って言った。

「かつての板橋さまはそんなふうにお考えにはなりませんでした。人が百回素振りをすれば、ご自身は百五十回素振りをなさる。それでも勝ることができねば、二百回でも三百回でも素振りをすればいい、そうお考えになるお方だと、わたくしは知っております」

多門はうつむいた姿勢のまま、まったく動かなかった。

「板橋さま」

おきちは喜八の横をすり抜け、多門の前まで進み出た。

「そんなまっすぐなあなたさまのお志を、枉(ま)げるようなことがあったのではないかと拝察しております。わたくしの父があなたさまに申したことが、その因縁になっていたのではないか、とも。そうであるならば、深くお詫びいたします。ですから、あなたさまもどうか、ご自分の罪をしかと償ってくださいませ」

多門は込み上げるものをこらえているようであった。返す言葉はなかったが、その手はゆっくりと刀の柄から離れた。すかさず、中山勘解由がその多門の腕を捕らえる。

悄然とうな垂れたまま、目を合わせようとしない多門の今の姿を、おきちは目に焼き付けた。このことを父にも伝えようと思った。この先、どんな人生を歩んでいくにせよ、自分と父は多門のことを忘れてはならない。

多門は中山勘解由に引かれるまま、かささぎの店から出ていった。

それを見送り、おきちは再び席へ戻ろうとしたが、その時、入れ替わりに店へ入ってくる者がいた。

（安兵衛さま）

おきちの胸の鼓動が早鐘を打ち始めた。

（どうして、ここに安兵衛さまが――）

安兵衛は先ほど、中山勘解由と同じ桟敷席で芝居を観ていた。この事件に関わる者として、勘解由からあの芝居を観るよう促されたのだろう。

その時になって、おきちはそれまで考えの外にあったことに思い至った。あの芝居を観たということは、もう安兵衛も知っているということだ。見合いの席で会うはずだった堀部きちとは、高田馬場で小さな縁を持った娘であったのだということを──。

安兵衛は店へ入ってくるなり、その目をまっすぐおきちへ向けた。おきちは足が土間に縫い付けられたように動くことができなくなった。

四

中山安兵衛におきち、おもんに百助、鉄五郎、おあさにおくめにおねね、そして弥助──店にそろった人々の顔を喜八は順番に見つめ、まず何から手をつければいいか、頭の中を整理した。今日の舞台に出るに当たり、事情はすべて聞いていたが、とはいえ、百助や鉄五郎と顔を合わせるのはほぼ十日ぶりだ。松次郎の姿は見えないが、もう調理場にいるのだろう。朝方に松次郎が戻り次第、おもんが店を開け、おあさたちを迎える手はずになっていたから、うまく進めてくれたようだ。いろいろあるが、まずは安兵衛である。大事な客を立たせておくわけにはいかない。

「安兵衛さま、それにおきちさま。今日は偽のお芝居をご見物くださり、お疲れさまでした」

「何、偽の芝居とはどういうことか」

安兵衛が驚愕した表情を浮かべた。どうやら、鬼勘は安兵衛に何も伝えていなかったらしい。

「あの芝居は山村座の演し物でもなければ、今日が山村座の初日というわけでもないんです。本当の初日は実は明日なもので」

そして、山村座で演じられる本当の芝居の名は「竹田の里血風譚」という。「恋重荷竹田決闘」は犯人を自白させるため、東儀左衛門が鬼勘に力を貸して書き上げた今日限りの演目であった。

「さて、東先生も間もなくこちらへ来られると思うんですが、その前に、安兵衛さまとおきちさまは奥の席でゆっくりお話しなさったらいかがでしょう」

喜八はいちばん落ち着いて話のできる「い」の席を勧めた。いつもは儀左衛門が占拠している席だが、今日はこらえてもらうことにしよう。

「個別の座敷はご用意できませんが、衝立は用意しますんで、こっちは気にせず、お話しできるでしょう」

「そうか。では、若旦那のお申し出を受けさせてもらおうか」

安兵衛が穏やかな声で言い、おきちは緊張と不安と喜びのないまぜになったような表情を浮かべている。

「では、どうぞこちらへ」

喜八は先に立って、二人を「い」の席へ案内した。二人が席に着いた時、おもんがお茶を運んできた。

「お客さまの味噌田楽はこちらに運ばせていただきました。そちらさまもご一緒にどうぞ」

と、二人分の味噌田楽の皿も一緒に置く。そこへ弥助が衝立を持って現れた。

ゆっくりお話ししてください——と、衝立で二方向を隠し、こちらからの目を遮る形にした。

取りあえずは三月三日の見合いのやり直しだ。積もる話もあるだろうし、二人はそっとしておこう。

それよりも、喜八は喜八で百助たちに訊きたいことが山のようにあった。

「叔母さん、松つぁんは調理場か」

まず、おもんに問うと、「朝方帰ってきたら、すぐにね」という返事である。

おあさたちの注文の品もすでに作り、おもんが席へ運んだところであった。

「取りあえず、百助さんたちに何か食べるもの、出してやれねえかな。松つぁんも休みなしで悪いけどさ」

「そっちはもう始めているみたいだよ」

と、おもんは言う。

「俺が手伝いに入りましょう」

と、弥助が言い、すぐに調理場へ向かった。松次郎がいない間はずっと、すべての客の注文をさばいていただけあって、料理人の姿もすっかり板についている。

喜八も調理場へ向かい、まずは松次郎の変わりのない様子を見て一安心した。

「すっかりご迷惑をおかけしちまって」

松次郎は包丁を手から離して、喜八に深々と頭を下げる。

「ま、事情は百助さんからくわしく聞くけど、皆が無事でよかったよ。料理の方は弥助が頑張ってくれたんで、こっちも何とかしのいできた」

「へえ。弥助は手堅い奴ですんで」

と、松次郎はちらと弥助に目を向けて言う。弥助の腕前なら任せられると思っていたようだ。

「松のあにさんと同じってわけにはいきませんで、品目は減らしましたが」

弥助が手早く袖を襷掛けにし、真面目（まじめ）な顔で返した。「そうか」と松次郎は短く応じただけである。

「それじゃ、二人で百助さんたちの分の料理を頼むわ」

喜八が言うと、「へえ」という返事が重なり合った。料理は二人に任せ、喜八は百助と鉄五郎の席へと向かう。

「若、この度はとんだご心配をおかけいたしやして」

途端に鉄五郎が立ち上がり、先ほどの松次郎に劣らぬ礼儀正しさで深々と頭を下げた。

「そんなに謝ってもらうことはねえんだけど、心配させられたのは確かだよ」

喜八が言うと、百助も立ち上がった。

「この件についちゃ、あっしが松次郎と鉄五郎を巻き込んだんで。若にまで内緒にする成り行きになっちまって、本当に面目ねえ次第です」

百助も深々と頭を下げる。

「まあ、おおよそのところは東先生から聞かされてたんでね、分かってるけど。一応、百助さんたちの口から聞かせてもらえねえか」

「へえ」

百助は真面目な顔つきで言い、それから喜八に自分たちと同じ席に座るよう勧めた。喜八が席に着いた後、百助と鉄五郎も腰を下ろした。

「これはぜんぶ、あの鬼勘が考えついた筋書きなんですが、あっしが鬼勘から声をかけられたのは、ここの店に例のならず者どもがやって来た日のことなんですよ」

順を追って話すと前置きして、百助は語り出した。

「まずは、その一日前のことから確かめさせていただきやすが、その日、若たちは堀内道場へ行かれてますね」

「ああ、そこで、安兵衛さまが闇討ちされたことを知ったんで、松つぁんに南町奉行所へ知らせに行ってもらった」

奉行所を通して言づてを聞いた鬼勘は、やはり脅しの書状は本物だったのかと考えたそうだ。しかし、村上兄弟の縁者についてはほとんど江戸を離れており、これという怪しい者は浮かんでいない。そうなると、村上兄弟の縁者を騙った何者かのしわざということになる。これはもう一度、安兵衛から話を聞かねばならないか、と鬼勘が考えた矢先、今度は百助が奉行所へ駆けつけた。この日は奉行所に鬼勘がいたという。

ならず者たちは安兵衛と巴屋の一件で関わりがある。闇討ちをしたのも同じ連中ではないか、と鬼勘は直感を働かせた。闇討ちならば、夜に顔を隠してのことだろうし、安兵衛が気づかないのも不思議ではない。

「そこで、鬼勘から声をかけられましてね。またならず者がかささぎに来ることがあったら、何か派手なことを仕掛けて、皆がお縄になるよう仕向けてほしいと言われたんでさあ」

「それで、百助さんは承知したのか」

「もちろん、ただで承知したわけじゃありやせん。一つに、若と弥助は関わらせないこと。二つ目に、ならず者連中が二度とかささぎに手を出さないよう、手を打ってくれること。まあ、それを守ってくれるんなら、鬼勘に恩を売っておくのも悪くねえと考えましてね」

さらには行き掛けの駄賃とばかり、巴屋の主人の素性を調べるのに力を貸してくれと持ちかけたのだそうだ。

「ま、これは断られてもいいと思ってたんですが、巴屋の主人、どうも身元のはっきりしない男でね。あっしの勘じゃ叩けば埃が出るかもしれねえ。そう言ったら、承知してくれました。この件が片付いたら、手を付けてくれるそうです」

今回の企みについて話をしている時の鬼勘は、存外楽しそうに見えたと、百助はにやにやしながら告げた。

こうして鬼勘との話がついたので、百助は鉄五郎と松次郎に話を持ちかけ、喜八たちには内密にした上で、ならず者たちが来た時の手はずを決めたという。鉄五郎は左官として働いており、面倒を見てもらっている親方がいるのだが、そちらには鬼勘の配下の者がしっかりと話をつけてくれたそうで、もちろん今後の仕事に影響が出ることはないそうだ。

「松の野郎を巻き込むと、この店の料理人がいなくなって困るとは思ったんですが、あいつはどうしたって現場に居合わせることになりますしね。まあ、手伝わせることにしました。松のいない間は、弥助が何とかするだろうと、松も言いましたんで」

ということで、ならず者たちが翌日、嫌がらせをしに来た時、調理場からは松次郎が駆けつけ、外で待ち構えていた百助と鉄五郎が加わり、乱闘騒ぎを起こした。そして、これもまた、近くで待ち構えていた鬼勘配下の役人たちがその場に馳せつけ、全員をお縄にしたのである。

「けど、あいつらがすぐに俺たちの店に来るかどうか、分からなかっただろ」

その場合は、何日間か待機しなければならなかったわけだが、

「そうは言っても、二、三日のうちに来るのは分かってましたんでね」

と、百助は自信ありげに言った。

「一度、いちゃもんをつけて、ただで飲み食いできることを覚えちまったんです。ああいう手合いは味をしめたら、またすぐに同じことをやらかすんですよ」

そして、ならず者たちは牢屋敷へ送られ、百助たちは何と鬼勘の屋敷に連れていかれたという。

「まあ、鬼勘と顔を合わせることはなかったんですがね。なかなかよくしてもらいましたよ。暇でしょうがなかったですが、うまい飯も食わせてもらいましたし」

百助はにやりと笑ってみせた。

鬼勘はならず者たちが安兵衛の闇討ちに関わっていると踏んでいたが、彼らはそれを認めなかった。また、板橋多門との関わりも吐かなかったというのは、先ほど鬼勘が話していた通りである。

「鬼勘は、安兵衛さまだけじゃなく、おきちさまの堀部家周辺も調べてたようです。そうして両方につながりのある人物を見つけた。それが堀内道場の板橋多門でした。さらに、

松の話から、あのご浪人が堀内道場で若たちと関わったことも分かりましたんでね」

「あの時、俺は安兵衛さまがおきちさまの縁談を断ったって話をしたんだ」

「たぶん、その後、板橋多門はならず者たちとの縁を切ったんじゃないですかね。闇討ちの狙いは、安兵衛さまを殺すっていうより、ちょいと怪我でもさせて評判を落とし、縁談をぶち壊しにすることの方だったんだろうと、鬼勘は言ってました」

「じゃあ、あいつらが俺たちの店へ嫌がらせに来たのは、板橋さまから手を切られたことの憂さ晴らしってやつか」

「そんなとこじゃないでしょうか。もちろん、奴らはこの先、板橋多門を脅すつもりだったかもしれませんがね。こうならなけりゃ、いい金づるにされてたかもしれやせん」

「そうか」

それならば、お縄になったのは多門にとってもよかったということになる。

「それにしても、あれが鬼勘と示し合わせてのことだなんて思いもしなかったよ」

喜八はあきれたふうに苦笑した。

「あっしの方も、あの鬼勘から話を持ちかけられた時にゃ、悪い夢を見てるんじゃないかと思いましたがね」

そう言って、百助も笑い、つられて喜八と鉄五郎も笑った。その時、店の戸が開いて、

「お邪魔いたします」と六之助が愛想のよい声を響かせた。その後ろから、東儀左衛門が

姿を見せる。

板橋多門に目をつけたものの、ならず者たちからの自白が得られず困っていた鬼勘が、最後に巻き込んだのがこの儀左衛門であった。

儀左衛門に今回の事態を踏まえた台帳を書き、芝居小屋が空いている時にしかるべき役者を集めて演じさせてほしいと頼んだのである。喜八と弥助を芝居小屋の舞台に立たせたいと考えていた儀左衛門にとって、その話はまさしく渡りに船。鬼勘から事件についてくわしく話を聞くこともできる。

そこで、儀左衛門は急ぎ「恋重荷竹田決闘」を書き上げ、喜八と弥助に連日稽古をさせた。次は喜八に女形の役をやらせるということで、今回は折れた藤堂鈴之助がおかちの役を特別に演じてくれることにもなった。客席にはかささぎの常連をはじめとする木挽町の人々をかき集め、どうにかこうにか、今日の上演となったわけだが……。

戸口に立った儀左衛門は喜八を見つけるや否や、

「若旦那」

と、叱りつけるような声を発した。

「あんた、最後に紋四郎を斬るところ、客席の一部に背中を向けてましたで」

「え、そうだったかな」

開口一番、そんなことを言われるとは思っておらず、喜八はきょとんとする。

「あそこは役者二人がよう見えるよう、客席正面に対して真横に立てと言いましたやろ」

「横に一文字を描くように斬れって言われたとこですよね。俺、気をつけて、弥助と真正面から向き合うように立ったんだけどなあ」

「ああ、それ。俺が悪いんです」

その時、騒ぎを聞きつけた弥助が調理場から現れた。

「俺が立ち方を間違えちまったんです。重い刀を無理して振り上げる演じ方に、気がいってしまって。申し訳ありませんでした」

弥助が儀左衛門に頭を下げる。儀左衛門は不服そうな表情を浮かべていたが、喜八はそれより弥助が手にした盆に気を取られていた。

「お、美味そうな茄子の焼き物じゃねえか。これは生姜を絡めてあるんだな」

喜八は湯気の立つ料理のにおいを思い切り吸い込みながら言った。

「さ、先生たちもこちらにどうぞ。今、お持ちしますから」

弥助が儀左衛門と六之助に言うと、その後ろから続いたおもんが、

「もうお持ちしましたよ」

と、声をかけた。

「お酒もどうぞ。東先生にはあたしが注がせていただきます」

おもんは儀左衛門たちの席に料理の皿と酒を置き、儀左衛門の隣の席へさっと腰を下ろ

した。

「さ、先生、どうぞ。いつも鈴之助がお世話になってます」

おもんの差し出す杯を手に取った時には、儀左衛門の怒りはどこかへいってしまったようだ。

「いや、何、今回は鈴之助はんが出てくれたお蔭で、何とか締まりのあるものになりましたわ」

「そうですか。まあ、喜八と弥助は先生から御覧になれば、頼りないでしょうけれど、鈴之助と同じく、お目をかけてやってくださいな」

「うむ。まあ、足りぬところは多々あるが、二人ともええもんを持ってるのは間違いない。ま、あてにどんと任しておくれやす」

おもんの酌を受け、儀左衛門はすっかり上機嫌になり、続けざまに酒を飲み続けている。

その変わり身の早さにいささかあきれつつ、喜八は茄子の生姜焼きを口に入れた。一口嚙めば、じわっと甘辛い汁があふれ出し、やわらかな茄子がとろけるようだ。そして、口いっぱいに広がるさわやかな生姜の香り。

「茄子はこれが美味いんだよな」

やはり松次郎の作る料理は絶品だ。そう思いながら、百助、松次郎、鉄五郎がお咎めを受けることなく、無事に帰ってきてくれた喜びを、喜八は改めて嚙み締めていた。

五

やがて、いくらかの料理が席に運ばれ、酒も足りてきたところで、松次郎と弥助も加わり、一同はひと時の宴(うたげ)を楽しんだ。途中からは、おあさとおくめ、おねねも儀左衛門たちの席の方へ移り、一緒に料理を突(つっ)いている。

ただし、衝立で囲まれた「い」の席の客人たちは、なおもひっそりと二人だけの話を続けていた。

「あれ、松つぁんはどうした」

つい先ほどまで同じ席にいた松次郎がいないことに気づいて、喜八は傍らの弥助に尋ねた。少し前に席を立つのを見たと言うが、「料理の追加なら手伝います」と弥助が立ち上がりかけたところ、止められたという。なら厠(かわや)にでも行ったのだろうと、しばらく待ってみたが、なかなか戻ってこない。

少し気になり、喜八は席を立った。調理場へ進むと、何やら甘い香りが漂ってくる。

「何か作ってるのか」

と、入っていくと、鍋をかきまぜている松次郎の姿があった。

「お、甘酒か」

喜八は明るい声を上げた。

「おあささんたちが喜ぶかもな」

「……へえ」

と応じたものの、松次郎は「まずは、『い』のお二方さんへ」とぼそっと続けた。

「へえ。安兵衛さまとおきちさまにか」

「あちらさん、本当は桃の節句にああしてお会いするはずだったんですよね」

「ああ、そうだったな」

かささぎでもあの日、甘酒と菱餅(ひしもち)、雛(ひな)あられを出した。他の茶屋でも甘酒を注文する客は多かったことだろう。

巴屋で見合いの席に着いていれば、二人で甘酒を飲んでいたかもしれない。そんな二人のため、遅ればせの甘酒を用意しようという松次郎の心遣いであった。

「もしかして、そっちにあるのは雛あられかい」

喜八は脇に用意されていた皿の上のあられに気づいた。

「へえ。甘いのとしょっぱいのと両方ご用意してますんで」

おきちはおそらく江戸の育ちなのだろうが、故郷の赤穂藩の雛あられはどちらなのか、そこまでは聞いていない。また、越後生まれだという安兵衛の知る雛あられはどちらなのだろう。

だが、二人の好みがどちらにせよ、両方あれば困ることはない。やがて、甘酒が煮立ち、鍋を火からおろした頃、弥助が調理場に現れた。

「安兵衛さまが若を呼んでおられます」

というので、急いで客席へと向かうと、すでに弥助が衝立を横へ退けていてくれた。

「こうした場を設けてくれて、若旦那には感謝している」

安兵衛が言い、おきちも頭を下げた。

「いえ、俺一人が考えてしたことじゃなくて、おあささんや皆の願いでもありましたから」

「うむ。後で皆さんにも礼を申さねばなるまい。だが、まずは若旦那に聞いてもらいたいことがある」

安兵衛が真剣な口ぶりで言い、喜八も表情を改めた。

「二人でさまざまのことを語り合った。互いのこれまでのこと、板橋多門のことも含めて、実にさまざまのことを――」

安兵衛の言葉に、おきちが静かにうなずいている。

「この度の事件についても、それがしが中山勘解由殿からお聞きしたことを、おきち殿にお話しした。東先生や若旦那たちが見せてくださった先の芝居についても、あれを上演した理由についても」

喜八は無言でうなずき返した。

「そうした話が尽きてからは、これからのこともお話しした」

安兵衛の眼差しは喜八からおきちへと向けられた。少しまぶしそうに目を細める安兵衛の前で、おきちは恥ずかしそうに下を向く。それから、安兵衛は再び喜八に向き直り、生真面目な表情に戻ると、再び語り出した。

「おきち殿の父君、堀部金丸殿のお考えについても伺った。堀部家からは当初、おきち殿の婿となって跡を継ぐことを求められていた。それはできぬゆえ、私はこの縁談をお断りし、堀部家もそれがしの意向を汲んでくだされた。その後、巴屋での見合いの席も流れてしまったため、この縁はなかったものとそれがしは考えていたのだが、堀部家の方ではそれでもなお、それがしを婿にと考えてくださったそうだ」

「そうだったのですか」

喜八がおきちに目を向けると、おきちは「はい」と慎ましい様子で返事をした。

「父は安兵衛さまの武勇にたいそう執心しておりまして。もちろん、そういう父の考え方が板橋さまを追い詰めたことを、わたくしは忘れぬつもりです。ただ、赤穂藩にはそういう気風があるのも確かでございまして」

おきちによれば、堀部金丸は藩主の浅野内匠頭に、安兵衛を中山姓のまま婿に迎えたいと申し出たのだそうだ。藩士の婚姻は藩主の許しが要るからだが、その話を聞いた浅野内匠頭は、中山安兵衛ほどの男を藩士として迎えることができるのならば嬉しきことだと言ったという。

この件は、いずれ改めて仲人を通して安兵衛の方へ伝えられるそうだが、今、おきちからその話を聞いた安兵衛は、すでに心を決めたと告げた。

「それがしはこの話を、ありがたくお受けすることにいたした」

「それは、おめでとうございます」

喜八は笑顔で寿いだ。すかさず、そこへ松次郎と弥助が雛あられと甘酒を運んでくる。

「うちの料理人の松次郎がお二人にと――」

喜八は松次郎を二人に引き合わせた。

「桃の節句は終わってしまいましたが、お二人の門出のお祝いになってよかったです」

二人の席の前に、雛あられと甘酒が差し出された。甘酒は湯気が立っており、その甘く優しい香りが漂ってくる。

「ありがとう……ございます」

おきちが声を詰まらせて礼を述べた。

「かささぎの皆さんには、本当にお世話になって。おあささんにも東先生にも何とお礼を申し上げればよいか」

「皆、分かってますよ」

喜八は優しく言った。入り口に近い席に陣取っている一同の方へと目をやれば、大勢の者とたちまち目が合った。気がつけば、先ほどまでにぎやかに動いていた口が皆止まっているではないか。いつしか、安兵衛たちの話にじっと聞き入っていたようだ。

「それに、皆、願っていたんです。『恋重荷竹田決闘』の幕引きがこうなることを――」

「若旦那さん……」

「さしずめ、さっきの『竹田の里、決闘の段』に続く『茶屋かささぎの段』ってやつですかね、東先生」

喜八が儀左衛門に目を向けて尋ねると、儀左衛門は照れ隠しのように、ふんと鼻を鳴らした。

「あてなら、『雛あられ、縁結びの段』とでも名付けるところやけどな」

「さすが、先生。言葉の選び方が違いますなあ」

すかさず六之助が持ち上げる。

「まったく、こいつの言う通りでさあ」

と、鉄五郎も儀左衛門の機嫌を取り結ぶように続けた。

「縁結びの雛あられか。これ、来年からは弥生に限って出す献立に加えたらいいんじゃねえか」

喜八の呟きに、「いいですね」と弥助が同意する。

「女のお客さんに人気が出ると思いますよ」

「よし、それでいこう」

喜八が元気よく言い、松次郎と弥助が目を合わせてうなずき合う。

安兵衛は感謝の気持ちを表すように杯を軽く持ち上げ、甘酒を飲んだ。おきちは込み上げてくる涙を必死にこらえながら、袖口で目もとを拭った。

六

四月半ば、山村座では「竹田の里血風譚」の評判がいい。その幕が開ける少し前の時刻は、かささぎも連日客で賑(にぎ)わっている。

「邪魔するぞ」

その日、まずやって来たのは鬼勘であった。席に案内されるなり、

「茄子の生姜焼きを頼む」

と、言い出した。何でも板橋多門の自白が取れた後、中山安兵衛と東儀左衛門の二人と話す機会があったそうで、その時、かささぎの茄子料理について聞いたのだそうだ。それを食べるのを楽しみにしていたのだと、鬼勘はいつになく軽い口ぶりで言った。

「それで、どんな御用で木挽町へ」

「うむ。山村座の芝居検めにな、これから参るところだ」

「中山さまは先日、お芝居を御覧になったばかりでしょうに」

「何を申すか。あれは偽の芝居であろう」

そう言われれば確かにそうだが、竹田の里で決闘が行われるという筋書きは同じだ。本物の芝居の方には、弥助が演じていた橋本紋四郎は登場せず、鈴之助演じる女形の役どころもあの芝居とはぜんぜん違っているが……。

「中山さま、実はお芝居が相当お好きなんじゃないですか」

喜八が少しからかい気味に言うと、

「私はあくまで勤めを果たしているにすぎぬ」

と、鬼勘は返した。

「それより、偽の芝居とはいえ、おぬしも主役に抜擢とは役者として成長したではないか」

鬼勘が反撃してきたので、喜八は眉を寄せる。

「あれは東先生の台帳書きのお手伝いをしていた頃からあの役をやってたんで、無理に押し付けられたんです。もう少しで、女形のおかち役をやらされそうになったんですよ。それだけはできないと言い張って、何とか叔父さんに引き受けてもらいましたけど」

「ふうむ。前の女形の時も悪くはないと思ったが、ま、その顔のままでいける二枚目役が似合いであろう。武者の役はまあ、剣の扱いがいまいちだと、中山安兵衛も申していた」

「余計なお世話ですよ。俺には二度と縁のないことです」

「そうだな。刀はおぬしにとって要らぬものだ」

鬼勘の表情から軽々しさをうかがわせるものはすでになくなっていた。喜八がその表情を注意深く見つめていると、それに気づいたのか、

「ところで、板橋多門と例のならず者どもについてだが、江戸所払いとなるだろう。奴らがこの店に嫌がらせに来ることは二度とない」

と、話を変えて告げた。

「そうですか。百助さんに約束したこと、ちゃんと守っていただけたんですね」

「まあそうだ。ちなみに巴屋の件についてはこれからだ」

と、鬼勘は律儀に報告する。

「はい。そっちはよろしく頼みます。それにしても、百助さんをよく承諾させられたもんですよ。俺も弥助もすっかり騙されちまってました」

「そうか。ならば、我らもまた、なかなかの役者ぶりだったということだな」

鬼勘はそう言うと、にやりと笑ってみせた。

「ま、おぬしもいずれ、本物の二枚目を演じる日が来るだろう」

と、話が再び芝居のことに戻っていく。

「何言ってるんですか。二枚目って色事を演じるんでしょ。御免ですね」

「ふむ。その顔で濡れ事が苦手とは異なことを言うものだ」

「それこそ、余計なお世話ですよ」

などと言い合っているうち、弥助が料理の皿を運んできた。

「お、五枚目役者の登場か」

鬼勘の言葉に、弥助は喜八以上に眉をひそめた。五枚目とは主役の敵役（かたきやく）のことで、確かに弥助が演じた紋四郎役はそれに当たる。

「おぬしも役者を目指すことにしたのか」

「ご冗談をおっしゃらないでください」

茄子の生姜焼きが目の前に置かれると、鬼勘はぴたりと話をやめた。湯気の立つ茄子と生姜の香りに目を細めている。それを機に、喜八はその場を離れた。調理場へ入る前にちらと振り返ると、鬼勘が茄子を口へ運び、じっと目を閉じて味わっている様子が見えた。

大満足の表情で、鬼勘が店を出ていった後、ややあってから現れたのはおあさとおくめ、おきちとおねの女四人組であった。

「これから『竹田の里血風譚』を観に行くの」

と、おあさは言った。

「芝居小屋の桟敷席には安兵衛さまもいらしてくださることになっているのよ」

「そうなんですか。じゃあ、お二人でご一緒にお芝居を」

喜八がおきちに目をやると、おきちは恥ずかしそうに目を伏せた。

「ご祝言の前にお二人きりってわけにもいかないから、あたしたちもご一緒させていただくんです」

おあさは元気よく言い、

「喜八さんがやった十兵衛の役は、山村座の四代目がおやりになるのよね。おかち役は藤堂鈴之助のまま変わらず。でも、弥助さんのやった紋四郎の役は今日のお芝居にはなくなっているの」

と、前に見た「恋重荷竹田決闘」との違いを、おきちたちに説明している。

「喜八さんの十兵衛役、すてきだったわ。お父つぁんは細かいところでは文句を言っていたけれど、何といっても主役の一枚目。華があったもの」

「さっき、鬼勘からは刀の使い方がなってないと言われたよ。あ、それは安兵衛さまの言葉だったかな」

「まあ」

と、おきちが声を上げたものの、「そんなことはない」と言わないところを見れば、おきちも喜八の刀の使い方はいまいちと思っていたようだ。

「刀の使い方なんて、覚えればどうにかなることよ。喜八さんは役者の修業を始めてまだ間がないのに、主役を務めた功績こそ称えられなければいけないわ」

おあさは喜八の代わりに怒ってくれる。

「いや、おあささん。役者の修業なんて、そもそも始めていないから」

喜八はおあさの言い間違いを指摘したが、おあさには馬耳東風のようだ。

「弥助さんも初めての舞台と聞いているけれど、とてもお上手だったわ」

おあさはさらに言い、その言葉に、おくめがうんうんとうなずいている。

「せりふ回しも多かったし、複雑な敵役だったのに、役柄の悲しみや切なさが客席に伝わってきたもの。お父つぁんも弥助さんのことを褒めていたのよ」

おあさの絶賛に何となく引っかかるものを感じつつ、

「まあ、あいつは何でも器用にこなしちまうからな」

と、喜八は応じた。ちょうどその時、弥助が近くを通りかかったので、「おあささんがお前の演技、上手いって褒めてくれてたぞ」と伝えてやる。

「それは、どうもありがとうございます」

弥助は淡々とおあさに礼を述べた。

「そういえば、お父つぁんが初め、弥助さんに主役の十兵衛をやってもらって、喜八さんにおかち役をやらせるようなことを言っていたんだけど」

「それは、俺が断ったんだよ」

喜八はすかさず言った。

「どうして」

おあさは無邪気に訊いてくる。

「俺はそれでもよかったんですが、若がどうしても嫌だって」

弥助は言い、

「あ、女形の役より、やっぱり男役をやりたいと思ったのね」

おあさは勝手に納得する。

「いや、どう考えたって無理だろ。弥助と惚れ合う女の役なんてさ」

「そんなこと言ってるようじゃ、役者にはなれませんよ」

弥助が澄まし顔で言ってくる。

「いいんだよ、ならないんだから。俺が目指してるのは役者じゃなくて、この店を大きくすることだからな」

その時、「ちょいとすみません」と女の声がかかった。

「はい」

と、返事をして顔を向けると、座っていたのは今年から常連客となってくれた伊勢屋のおかみのおたねと小僧の乙松である。乙松は松次郎の倅だが、別々に暮らしており、芝居好きのおたねが気を利かせて、時折乙松をかささぎへ連れてくるのであった。

自分が行くと弥助に目で合図をし、喜八は二人の席へ向かった。

「いらっしゃい。今日は山村座の芝居見物ですか」

「ええ。三月は何かと忙しくて、『船弁慶』も見損ねちゃったから、今度のお芝居はぜひにと思って。何でも新作なんでしょう」

おたねは「竹田の里血風譚」の評判を聞き、出かけてきたということだった。

「乙松も元気にしていたか」

乙松に目を向けると、「はい」と勢いのいい返事がある。乙松は伊勢屋の主人夫婦から大事にされているようであった。

「親父さんも元気だが、会っていくか」

「いえ、いいです。お父つぁんの料理が食べられればそれで」

乙松は屈託のない笑顔で言い、おたねから注文を促されると、とろろ麦飯を頼んだ。

「それじゃあ、それを一人前に、合いそうなお菜をいくつか見繕ってもらえるかしら。それから、あたしは生姜入りのご飯をお願いするわね」

おたねの注文を受け、急いで調理場へ行き、松次郎に告げる。乙松が来たと聞いても、表情一つ変えず、黙々と調理の手を休めないのはいつものことだ。

だが、乙松のものとなると、気合が入るのもこれまたいつものことで、麦飯は山盛りいっぱい、お菜も焼き茄子のずんだ添えに高野豆腐、こんにゃくの味噌田楽、ぬか漬けの大根など多彩であった。

「あら、まあ。ずいぶんたくさんね」

おたねはあきれたような表情を浮かべたものの、

「お前は育ちざかりで、たくさん食べられるでしょ。どんどんお食べ」

と、乙松に勧めている。

おあさたちは「お芝居が終わったらまた寄りますね」と言って、茶だけ飲み終えると、芝居小屋へ出かけていった。

「安兵衛さまによろしく」

おあさたちを見送りに通りまで出た喜八に、おきちはそっと頭を下げてから歩き出した。慎ましく振る舞っているのに、おきちの表情もしぐさもその後ろ姿も、すべてが輝いて見える。祝言を控えた娘の仕合せな気持ちが滲(にじ)み出ているためだろうか。

——おかち殿、……私と共に死んでくれ。

弥助演じる紋四郎が、おかちに向かって剣を振り上げる姿が眼裏(まなうら)に浮かび上がる。

十兵衛はその時、おかちの前に立ち塞がり、紋四郎の剣が振り下ろされるより早く、

「やあっ！」

と、声立てて、敵の胸を横一文字に——。

「若、何やってるんですか」

気がつくと、背後にあきれた表情の弥助が立っていた。

「いや、東先生に駄目を出された最後のとこさ。何かふと思い出して」

「だからって、こんなところでやり直さなくたっていいでしょうに。まさか、役者になりたくなってきたんじゃないですよね」

弥助の言葉に周囲を見れば、道行く人がじろじろと目を向けてきていた。おかしそうに口もとを覆っている女もいれば、不思議そうな目を向けてくる子供もいる。

「役者になる気はねえよ」

喜八は姿勢を元に戻し、苦笑いしながら答えた。自分の望みは、芝居茶屋かささぎと共にある。しかし、それはそれとして、自分ではない誰かの身の上を演じるのも、なかなか味わいのあるものだと思い始めているのも事実であった。

「短い間だけど、刀を持った振る舞いや型をさんざんやらされてたからな。つい体が動いちまったんだよ」

喜八は言い訳しながら、弥助の肩に手を回す。

「さあ、俺たちの茶屋をでっかくするため、またいろいろと工夫していこうぜ。あ、東先生はかささぎの名前、今度の芝居のせりふにちゃんと入れてくれたのかね」

ふと思い出して呟くと、「確かめておきました」と弥助は澄ました顔で言う。「竹田の里血風譚」では、山中十兵衛とおかちが見合いをする茶屋の名が「かささぎ」になっているそうだ。店の名を書いたのぼり旗も舞台上に立ててくれるらしい。

「それはそうと、かささぎは若と女将さんの茶屋ですよ」

弥助は冷静な物言いで喜八の言葉を訂正した。

「いいや、かささぎはお前や松つぁんや百助さん、俺たち皆の茶屋だ」

弥助の肩に回したままの腕に力をこめて言い返す。

「さ、俺たちの茶屋を盛り立てていこうか」

喜八は暖簾を掲げると、弥助と一緒に威勢よく店の中へ戻っていった。

本書は、ハルキ文庫のために書き下ろされた作品です。

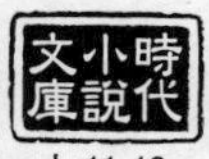

し 11-16

雛(ひな)あられ 木挽町芝居茶屋事件帖(こびきちょうしばいぢゃやじけんちょう)

著者 篠(しの) 綾子(あやこ)

2022年7月18日第一刷発行

発行者 角川春樹

発行所 株式会社 角川春樹事務所
〒102-0074 東京都千代田区九段南2-1-30 イタリア文化会館

電話 03(3263)5247[編集] 03(3263)5881[営業]

印刷・製本 中央精版印刷株式会社

フォーマット・デザイン&シンボルマーク 芦澤泰偉

ISBN978-4-7584-4502-3 C0193

http://www.kadokawaharuki.co.jp/[営業]
fanmail@kadokawaharuki.co.jp[編集] ご意見・ご感想をお寄せください。

篠　綾子の本

初午いなり

江戸菓子舗照月堂

木挽町の芝居茶屋かささぎは、若い店主・喜八とその兄弟分・弥助、料理人・松次郎の三人で営む小さな店。誰もが振り向く色男・喜八と冷たい風貌で女心を痺れさせる弥助目当ての女客や、気の利いた小料理を求める常連に愛されている。が、じつは喜八、かつて江戸市中の風紀を乱すと粛正された町奴かささぎ組親分のひとり息子、それ故、火付改の鬼勘に敵視され……。芝居の町が舞台の事件帖、人情たっぷりにいざ開幕！